Cédric

FOLIO JUNIOR/**ANIMORPHS**

Même le livre se transforme !
Faites défiler rapidement
les pages et regardez...

Déjà parus dans la série

ANIMORPHS

1. L'invasion
2. Le visiteur
3. L'affrontement
4. Le message
5. Le prédateur
6. La capture
7. L'inconnu
8. L'extraterrestre

Pour en savoir plus,
rendez-vous à la p. 200

K. A. Applegate

L'EXTRATERRESTRE

Traduit de l'américain
par Mona de Pracontal

ANIMORPHS

FOLIO JUNIOR/**GALLIMARD** JEUNESSE

Pour Michael

Titre original : *The Alien*
Edition originale publiée par Scholastic Inc., 1997

PROLOGUE

Avant la Terre…

< Préparez-vous au retour à l'espace normal >, ordonna le capitaine Néréfir en parole mentale.

Je me trouvais sur la passerelle de notre vaisseau Dôme. C'était un moment exceptionnel. La première fois que j'allais sur la passerelle. Jusqu'à présent, j'étais toujours resté dans mes quartiers ou en haut, dans le dôme.

C'était un honneur de se trouver sur la passerelle de combat avec les guerriers, les princes et le capitaine en personne.

Je le devais à mon grand frère, Elfangor. Un aristh comme moi, un élève guerrier, n'aurait jamais été autorisé à venir sur la passerelle autrement.

Surtout pas un aristh qui, un jour, avait bousculé si

fort le capitaine Néréfir que celui-ci était tombé et s'était blessé un tentacule oculaire. C'était un accident, mais tout de même, ce n'est vraiment pas une bonne idée, quand on est modeste élève guerrier, de heurter les pattes des grands héros.

Cependant, comme ils adoraient tous Elfangor, ils me toléraient. C'est l'histoire de ma vie. Même si je vis deux cents ans, je serai sans doute toujours connu comme le petit frère d'Elfangor.

Nous sommes sortis de l'Espace-Z, ou Espace-Zéro, qui est un domaine de vide blanc, et avons réintégré l'espace normal. Sur les moniteurs de contrôle, je ne voyais rien que du noir parsemé d'étoiles. Et là, juste devant nous, à moins d'un million de kilomètres, il y avait une petite planète, presque bleue.

< Est-ce la Terre ? ai-je demandé à Elfangor. Je ne m'étais pas rendu compte qu'il y avait autant d'eau. Tu peux convaincre Vieux-Sabot de me laisser aller sur la planète avec toi ? >

< Aximili, tais-toi ! > s'est vite écrié Elfangor, qui a jeté un coup d'œil inquiet en direction du capitaine Néréfir, l'air gêné.

Je crois que j'avais parlé un peu fort, mentalement. Elfangor craignait que le prince de guerre Néréfir m'ait entendu. Mais j'étais certain de ne pas avoir parlé si fort que ça. Je veux dire, je ne croyais vraiment pas que...

< Vieux-Sabot, hein ? a alors répété le capitaine Néréfir. C'est comme ça qu'on m'appelle ? >

Elfangor m'a lancé un regard furieux.

< Je suis sûr, a-t-il repris, que cet aristh ne voulait pas se montrer irrespectueux. >

Je crois qu'en cet instant précis, mon frère aurait bien aimé me jeter par le sas le plus proche.

Néréfir a lentement tourné ses deux yeux principaux vers moi. C'était un vieil Andalite très impressionnant. Un grand guerrier. Un grand héros. L'idole d'Elfangor.

< Ah, c'est le petit vaurien. Le galopin qui m'a fait tomber. Vieux-Sabot, hein ? Bien, bien. Ça me plaît assez, comme surnom. >

Il a fait un clin d'œil à Elfangor.

< Je pense que nous allons laisser la vie sauve à ce gamin. >

Tout à coup...

< Les Yirks ! Nous avons un vaisseau Mère yirk en orbite autour de la planète ! > s'est écrié le guerrier du poste radar.

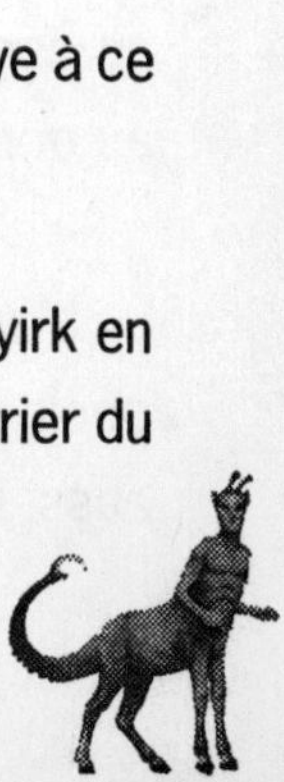

< Ils larguent des Cafards ! Je vois douze Cafards yirks, s'est exclamé un autre guerrier. Ils mettent le cap sur nous. Nous serons dans leur champ de tir dans douze minutes terriennes. >

Le capitaine Néréfir a tourné ses yeux principaux et son visage vers mon frère, tout en continuant de surveiller les moniteurs avec ses tentacules oculaires. Il n'était plus question de plaisanter désormais.

< Prince Elfangor ? C'est le moment. Larguez tous les chasseurs. >

Mais il n'avait pas attendu ses ordres ; il franchissait déjà le seuil de la porte. Ma queue a heurté l'embrasure quand je me suis précipité pour le suivre.

< Retourne au dôme, Aximili >, m'a ordonné Elfangor.

< Mais je veux me battre ! Je sais piloter un chasseur aussi bien que… >

< Ne discute pas, Aximili. Les arisths ne vont pas au combat. Tu n'es pas encore un guerrier. Retourne au dôme. Tu y seras plus en sécurité. >

< Je ne veux pas être en sécurité >, ai-je grogné.

Mais un guerrier, même un élève guerrier, doit obéir aux ordres. Elfangor était mon frère. C'était aussi mon prince.

J'entendais les annonces mentales qui résonnaient autour de la passerelle :

< Cafards yirks approchant à grande vitesse. >

< Entrons dans le champ de gravitation externe de la planète. >

Elfangor et moi sommes parvenus devant deux toboggans. Les guerriers glissaient les uns après les autres en direction des chasseurs. Moi, j'allais devoir monter pour rejoindre le dôme. Le toboggan ascensionnel était vide.

Cela m'a mis en colère. Tout le monde se battait sauf moi. Quand ce serait fini, Elfangor serait plus que jamais un grand héros, et moi je serais toujours le petit frère. Le môme.

Elfangor s'arrêta un instant avant de s'élancer. Il a recourbé sa queue vers l'avant. J'ai moi aussi redressé la mienne au-dessus de mon dos. Nous avons doucement entrechoqué les lames qui se trouvent à l'extrémité de chacune d'elles, nos lames caudales.

< Tu auras l'occasion de te battre, Aximili, m'a promis mon frère. Très bientôt, ton chasseur et le mien voleront côte à côte. Mais pas pour cette bataille-ci. >

< Oui, mon prince >, ai-je répondu froidement d'un ton très solennel.

Mais quand il s'est avancé pour entrer dans le toboggan, je n'ai pas pu le laisser partir avec l'impression que j'étais fâché contre lui.

< Hé, Elfangor ? me suis-je exclamé. Va griller quelques limaces. >

< Ça va chauffer, petit frère, m'a-t-il répondu en riant. Ça va chauffer. >

Je ne l'ai plus jamais revu.

Il a disparu dans le toboggan. Je suis monté vers le grand dôme. Le dôme constituait le cœur de notre vaisseau. C'était une vaste plaine ronde et herbue avec des arbres et des ruisseaux de notre planète, le tout recouvert d'un dôme transparent.

J'y étais tout seul. L'unique non-guerrier du grand vaisseau. Le seul qui n'avait pas de bataille à livrer.

En dessous de moi, je voyais la planète bleue, suspendue dans un ciel noir. Elle avait une lune, qui n'était qu'une boule de poussière morte. La planète, pourtant, paraissait vivante. Je voyais des nuages blancs flotter dans son ciel. La lumière de son soleil jaune scintillait sur ses vastes océans.

On savait que cette planète était habitée par une espèce relativement intelligente. A l'école, nos professeurs nous en avaient un peu parlé.

Mes yeux principaux étaient attirés par les flammes vives des moteurs de nos chasseurs qui filaient en direction des assaillants yirks.

Je me trouvais loin de la passerelle de combat, maintenant, hors de portée de la parole mentale de nos guerriers. Je n'entendais rien dans ma tête. Et mes oreilles ne percevaient que le son d'une légère brise artificielle entre les feuilles des arbres. Debout dans l'herbe bleu-vert, j'ai vu au loin de minuscules points lumineux : les combattants s'affrontaient en orbite au-dessus de la planète.

Et c'est alors… que je l'ai sentie. Une secousse qui m'a traversé l'esprit. Une vague de froid… une prémonition. Un cauchemar éveillé.

J'ai détourné mes tentacules oculaires du champ de bataille et je les ai dirigés sur la lune morte de la planète bleue. Et là, je l'ai vue. Une forme noire qui se dessinait sur le gris-blanc de la lune. Qui ressemblait un peu à une hache d'armes tordue.

< Un vaisseau Amiral… ai-je murmuré. Un vaisseau Amiral de Vysserk ! >

Nos chasseurs étaient tous partis. Notre vaisseau Dôme avait des armes formidables, mais le vaisseau Amiral était rapide et maniable. Trop rapide !

Les guerriers de la passerelle de combat n'eurent pas le choix. Il fallait qu'ils libèrent le dôme pour pouvoir se battre. J'ai entendu comme un grincement quand le dôme s'est détaché de l'axe principal du vaisseau.

Puis... silence. Le dôme flottait librement dans l'espace.

Lentement, le reste du vaisseau a viré et pénétré dans mon champ de vision. Sans dôme, il ressemblait à un grand bâton, avec la grosse masse des réacteurs à une extrémité et, au milieu, la passerelle de combat. Les guerriers essayaient de lui faire faire demi-tour pour affronter le vaisseau Amiral.

Trop lentement.

Le vaisseau Amiral a fait feu !

< NON ! >

Des rayons Dracon, brillants comme un soleil, ont fendu l'espace.

Le vaisseau a encore tiré.

Et encore. Et encore.

Une explosion de lumière ! Une explosion silencieuse, comme celle d'un soleil qui se transforme en étoile nova.

Le vaisseau... mon vaisseau... a explosé en une

pluie d'atomes. Dans un seul et immense éclair de lumière, cent guerriers andalites sont morts.

VLLAMM !

L'onde de choc a touché le dôme. Elle s'est traduite en son. Sous mes sabots, l'herbe s'est soulevée. Un tremblement, une secousse terribles.

< Aaaahhh ! >

Mes genoux ont ployé et je suis tombé sur l'herbe. Tout tournoyait ! A une vitesse folle, incontrôlable ! Je sentais la pesanteur artificielle s'affaiblir. Les stabilisateurs avaient lâché.

Le dôme tombait. Tombait hors de son orbite.

Il a glissé, happé par la gravité. Il chutait vers la planète bleue. Une atmosphère brûlante et luisante a embrasé le ciel au-dessus de moi. Les moteurs de secours se sont mis en route avec fracas, mais ils n'ont pu que ralentir la chute, et non l'arrêter.

Le dôme dégringolait à une vitesse folle dans l'atmosphère. Il piquait droit vers la mer étincelante.

SCHPLOUFF !

Le dôme a heurté la surface de l'eau ! Des gerbes bouillonnantes, écumantes, l'ont submergé. Je coulais ! Je coulais vers le fond de l'océan de la planète bleue. J'étais impuissant. J'étais terrifié.

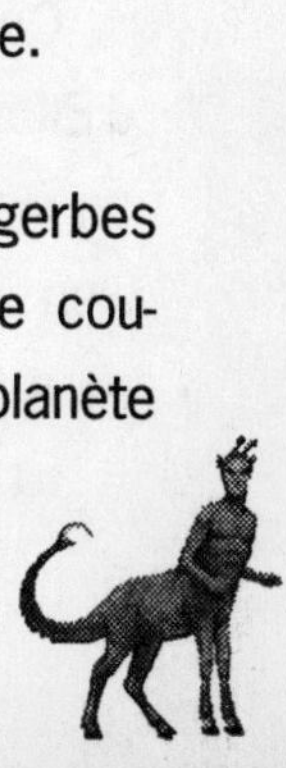

J'étais seul.

Au bout d'une éternité, le dôme s'est posé lourdement au fond de l'océan. J'ai levé la tête, et c'est à peine si je suis arrivé à distinguer la surface de l'eau, à une trentaine de mètres ou plus au-dessus du dôme.

Je me suis redressé en vacillant sur mes quatre sabots. Je me trouvais au milieu d'une grande plaine, qui était un morceau de ma propre planète. Un parc bleu-vert caché dans les profondeurs d'un océan, dans un autre monde.

Là, j'ai attendu des semaines entières. J'ai lancé des appels au secours à mon frère par parole mentale. Je savais qu'il me sauverait... s'il était encore en vie.

Mais pour finir, ce n'est pas Elfangor qui m'a trouvé. Ce sont cinq créatures de la planète. Cinq « humains », pour employer le nom qu'ils se donnent.

Ce sont eux qui m'ont raconté les derniers instants d'Elfangor. Il avait enfreint la loi et la tradition andalites en donnant à ces humains le pouvoir de morphoser. J'en étais choqué, mais j'ai essayé de ne pas le montrer.

Et ils avaient assisté à la mort d'Elfangor. A son

meurtre, perpétré de sang-froid par le chef des Yirks : Vysserk Trois.

Vysserk Trois avait sauvagement tué mon frère, blessé et sans défense.

Vysserk Trois, le seul Yirk à avoir jamais pénétré dans le corps d'un Andalite et à le contrôler.

Vysserk Trois, connu de tous les Andalites comme l'Abomination. Le seul Andalite-Contrôleur.

Il avait tué Elfangor, et j'avais hérité d'une tâche terrible. Selon la tradition andalite, je serais appelé à venger la mort de mon frère.

Un jour, il me faudrait tuer Vysserk Trois.

CHAPITRE 1

La Terre...

La première chose chez les humains qui risque de frapper un Andalite, c'est qu'ils marchent sur deux pattes seulement. Ça fait très bizarre de voir autant de créatures se maintenir en équilibre comme ça. Pourtant, ils tombent rarement.

– Journal terrestre d'Aximili-Esgarrouth-Isthil.

Mon nom complet est Aximili-Esgarrouth-Isthil.

Mes amis humains m'appellent Ax. Je suis un jeune Andalite. J'ai quatre pattes. J'ai aussi deux bras. Et j'ai une queue.

On me dit que j'ai l'air d'un croisement entre un daim, un scorpion et un humain. J'ai vu des daims dans la forêt, et je ne suis pas d'accord. Tout d'abord, ils ont une bouche, et moi je n'en ai pas. Ensuite, ils n'ont que deux yeux, tandis que j'en ai quatre.

Quant aux scorpions, je n'en ai vu qu'en photo. Il y a une petite ressemblance, pour ce qui est de la queue. Une queue d'Andalite est elle aussi incurvée vers le haut, et elle se termine par une lame très tranchante.

En tant qu'Andalite, j'ai le pouvoir de l'animorphe. Ce n'est pas quelque chose que nous avons de naissance, c'est une technologie. Mais c'est nous qui l'avons inventée, et nous sommes la seule race de la galaxie à la détenir.

En dehors de mes amis humains, bien sûr.

Eux aussi peuvent morphoser. Mais c'est grâce à la science andalite. Et parce que mon frère a enfreint nos lois pour leur donner ce pouvoir.

Le seul grand problème de l'animorphe est la limite de temps : deux heures terrestres.

Cette limite de temps constituait le principal problème d'une mission bien particulière que mes amis humains et moi-même nous apprêtions à accomplir. C'était une mission qui demandait une organisation et un minutage précis. Une mission très risquée : aller au cinéma.

– Alors voilà le plan, Ax, m'a expliqué Marco. Tu peux regarder la première heure du film. C'est tout. On peut t'emmener au cinéma du centre-ville, et tu regardes le film pendant une heure. Après, il faut qu'on te ramène dans la forêt pour que tu démorphoses.

Un film. Les films constituent une part importante de la culture humaine. J'avais décidé que, quitte à être coincé sur Terre avec ces créatures d'un autre monde, autant que je m'instruise à leur sujet. Je ne serais peut-être jamais un grand héros comme Elfangor, mais je pouvais certainement devenir le plus grand expert en humains.

Bien sûr, il faudrait que j'assiste au film en animorphe. Je ne pouvais pas circuler en public sous ma forme d'Andalite. Les humains seraient terrifiés. Et les Contrôleurs, ces humains qui sont victimes d'un parasite yirk, essaieraient de me tuer.

Ce qui gâcherait inévitablement l'expérience de la sortie au cinéma.

Il me faudrait morphoser. Prendre un autre corps. Mais j'avais déjà fait cette animorphe-là plusieurs fois ; ça ne poserait pas de problème.

Nous étions réunis sous les arbres de la forêt où je

vis maintenant. Prince Jake, Marco, Cassie, Rachel et Tobias : tout le monde était là. Tobias, cependant, était un peu à l'écart.

– Bon, allons-y, a commencé Jake, en faisant des bruits avec sa bouche pour former des mots. Rachel, le plan de secours est au point ? Où va Ax s'il a besoin de démorphoser d'urgence ?

– Les cabines d'essayage à Nordstrom's. Elles sont grandes et isolées. Ce sont les meilleures cabines d'essayage de tout le centre-ville. Cassie et moi serons postées devant le cinéma, prêtes à l'y emmener rapidement en cas d'urgence.

– Et Rachel a promis de ne pas s'arrêter au rayon junior en chemin, a ajouté Cassie avec un grand sourire.

Jake a levé les yeux vers le ciel. Au-dessus des cimes des arbres, un faucon à queue rousse se laissait porter par une brise tiède.

– Tobias ! a crié Jake.

< C'est bon, a répondu Tobias par parole mentale. Je ne vois personne. >

Tobias est un nothlit : une personne prisonnière d'une animorphe. C'est ce qui arrive quand on reste morphosé plus de deux heures. Tobias est un humain,

mais son corps est celui d'un faucon. Il s'est bien adapté à cette nouvelle existence bizarre. Il vit avec moi dans la forêt.

Pendant longtemps, je m'attendais à ce que Tobias me pose la question qui devait le hanter nuit et jour : lui serait-il jamais possible de s'échapper de son corps de faucon ? Mais il ne me l'a jamais demandé. Je crois qu'il avait peur de la réponse. Alors, je ne lui en ai jamais parlé.

– Bien, a dit Jake. Allons-y.

J'ai commencé à morphoser. La première sensation que j'ai éprouvée était une sorte de glissement, de fonte, légèrement écœurante : mes organes internes se réorganisaient. Une secousse un peu effrayante lui a succédé au moment où mes deuxième et troisième cœurs ont cessé de battre. Puis j'ai entendu un grincement qui venait du centre de mon corps, quand ma colonne vertébrale s'est mise à rétrécir.

Peu après, j'ai failli tomber à plat ventre car mes pattes de devant se recroquevillaient. Mes bras ont grossi et forci, mes mains se sont transformées et je me suis bientôt retrouvé avec cinq doigts.

Mes épaules se sont élargies pour s'adapter à mes grands bras. Et mes pattes arrière sont devenues plus imposantes maintenant qu'elles avaient davantage de poids à porter.

Les tentacules oculaires de ma tête ont commencé à se rétracter et, en même temps, leur vision est devenue de plus en plus floue, comme si quelqu'un baissait la lumière. Brusquement, ils ont disparu, et je me suis retrouvé avec seulement deux yeux.

Je déteste ça. N'avoir que deux yeux, c'est tellement gênant. On ne peut regarder que dans une direction à la fois. On ne peut même pas regarder derrière soi.

Ma colonne vertébrale continuait de rétrécir et bientôt ma queue disparut complètement.

– Attrapez-le, il va tomber, ordonna prince Jake.

Lui et Marco m'ont pris chacun d'un côté pour m'aider à rester debout au moment où mes pattes avant achevaient leur transformation.

– Hé, hé ! Vêtements ! s'est écriée Rachel en faisant une grimace. Les vêtements. N'oublie pas ta tenue d'animorphe, Ax.

Tandis que mon corps continuait de se modifier, ma tenue d'animorphe apparut à son tour. Il est très difficile de morphoser des vêtements. Et tout ce qu'on peut obtenir, ce sont des vêtements très moulants.

– Es-tu prêt ? m'a demandé prince Jake.

J'ai réfléchi à la question. Je me tenais en équilibre instable sur deux jambes. J'étais doté de deux bras forts et de dix doigts également forts. Je n'avais presque pas de fourrure. Mes yeux étaient faibles et absolument incapables de voir quoi que ce soit en dehors de ce qu'il y avait devant moi. Mon ouïe était bonne. Mon esprit fonctionnait normalement.

Et j'avais une bouche.

– Oui, ai-je répondu en me servant de ma bouche. Oui. Ou-i. Ou-iche. Je suis en animorphe humaine.

J'avais morphosé en humain. L'ADN provenait d'échantillons que j'avais acquis il y a longtemps chez Jake, Cassie, Rachel et Marco. J'aurais aimé avoir l'ADN de Tobias, mais c'était impossible étant donné qu'il était un nothlit.

Mes amis humains présentent quelques différences, mais ils ont tous deux jambes, deux bras et deux yeux. Ils ont tous une bouche.

Prince Jake est grand et de couleur claire, avec des cheveux châtains. Cassie est plus petite et plus foncée, avec des cheveux noirs. Marco est lui aussi plus petit, et il est de couleur mi-claire mi-foncée, avec de longs cheveux bruns. Rachel est plus grande, elle est claire et elle a les cheveux longs et jaunes.

Aucun d'eux n'a la moindre queue.

– Ça me donne toujours un peu la chair de poule, a dit Marco en me regardant bizarrement. Comme si on était passé tous les quatre au mixeur. Je vous jure qu'il a mes yeux.

– Ce qui fait bizarre, c'est que quand je le regarde, je me dis : « Hum, ce qu'il est mignon, ce garçon », et puis je lui vois quelque chose qui ressemble à Cassie, a plaisanté Rachel. Ou pire, à moi !

– Quoi ? Rachel est amoureuse de ses propres charmes ? s'est exclamé Marco, en employant un ton que les humains appellent sarcasme.

Puis il a pris l'air inquiet.

– Je ne suis toujours pas convaincu que ce soit une bonne idée. Les Contrôleurs...

Jake lui a coupé la parole :

– Ttt ttt. Nous ne parlons pas des Contrôleurs, ni des Yirks, ni de Vysserk Trois. Nous nous offrons une récréation. Nous n'avons pas cessé de nous battre. Nous avons détruit le Kandrona. Nous avons vaincu leur monstre, le Veleek. Et maintenant, nous prenons un peu de vacances bien méritées. Ax veut en apprendre davantage sur les humains, et c'est de ça que nous nous occupons maintenant.

Je n'ai jamais été un excellent élève, mais j'imaginais facilement l'attitude de mes frères andalites quand ils finiraient par me sauver. Ils me demanderaient :

< Alors, Aximili, qu'as-tu appris sur la Terre ? >

Et je devrais répondre :

< Euh... pas grand-chose. >

L'astuce, c'était d'apprendre des choses sur les humains sans leur en révéler trop sur les Andalites. Il y avait certaines choses que je ne pourrais jamais dire aux humains. Des choses qui risquaient de les retourner contre moi.

– On devrait attaquer les Yirks maintenant, tant qu'ils sont faibles, a grogné Rachel. Nous savons qu'ils n'auront pas de nouveau Kandrona basé au sol avant une semaine. Ils doivent être encore en manque de rayons du Kandrona ; on devrait les attaquer !

Les Yirks sont une race de limaces parasites. Ils vivent dans le cerveau des autres espèces. Ils dominent complètement le corps qui leur sert d'hôte, en le transformant en Contrôleur. Il existe des Hork-Bajirs-Contrôleurs, des Taxxons-Contrôleurs, et de plus en plus d'humains-Contrôleurs. N'importe quel humain que vous côtoyez peut être un Contrôleur. Il n'y a aucun moyen de le détecter, sauf si on est un Andalite.

Je partageais le point de vue de Rachel, mais je comprenais aussi la prudence de prince Jake. Aucun guerrier ne peut se battre tout le temps.

– Écoutez-moi tous, a repris prince Jake. Nous avons infligé de grosses pertes aux Yirks. C'était bien. Mais nous savons aussi qu'ils ont un Kandrona de secours, donc ne vous imaginez pas qu'ils sont faibles. En plus, s'ils sont affaiblis, on ne peut pas dire qu'ils le montrent. Je m'attendais à voir des Yirks mourir partout, et d'anciens Contrôleurs retrouver leur liberté. Ça ne s'est pas produit. J'ignore comment, mais ils sont arrivés à se maintenir en vie.

– Nous ne pouvons pas savoir ce qui se passe chez les Yirks, a observé Cassie. Ce n'est pas parce que nous ne les voyons pas souffrir qu'ils ne souffrent pas.

– Et voilà, regardez, nous sommes de nouveau en train de parler des Yirks, a soupiré prince Jake avec impatience. Nous sortons à peine d'une bataille très, très rude. Nous avons bien failli nous faire tuer. Et ce n'est pas la première fois. Donc nous allons nous détendre, et nous allons agir en gens normaux. Nous allons aller voir un film. Nous allons nous amuser. Et personne, n'est-ce pas Rachel, ne va chercher la bagarre.

– Tu ne le trouves pas génial, toi, quand il s'énerve comme ça ? a demandé Marco à Cassie. Quelquefois, on dirait vraiment Schwarzenegger.

– Ok, Ax, a repris prince Jake. Il est temps de t'habiller.

– Prince Jake, je porte déjà ce vêtement, ai-je répondu en montrant la chose qui me couvrait le corps. Vêtement. T'ment. Tt-ment.

C'est une sensation incroyable que de produire des sons avec sa bouche. Pour former les mots, on fait vibrer sa gorge en plaçant sa langue dans certaines positions. Mais certaines sonorités sont mieux que d'autres. « T'ment » est un son merveilleux à faire.

– Ne m'appelle pas prince, a dit prince Jake.

– Ax, tu as l'air d'un rescapé d'*Holiday on Ice*, a rigolé Marco.

– Tu ne peux pas te montrer en public en short et T-shirt moulants. Ça craint un max, comme tenue, m'a expliqué Rachel. Tiens.

Elle m'a tendu un sac. Dedans, il y avait différents vêtements. Il m'a fallu plusieurs minutes pour m'habiller correctement. Il y a beaucoup de choses dont il faut se souvenir, et chaque vêtement n'a qu'un seul usage possible. Par exemple, les chaussettes vont sur les pieds, pas sur les mains.

Quand j'eus fini, ils m'ont tous regardé fixement. Même Tobias est descendu m'observer de plus près.

– Rachel, on dirait qu'il va à son club jouer au polo ! s'est exclamé Marco. Je savais bien qu'on ne devait pas te laisser choisir ses vêtements. Il a l'air d'une tête à claques ; même moi, j'ai envie de lui taper dessus.

– C'est un style classique, s'est énervée Rachel. Tu te prends pour un top model, peut-être ? Tu t'es regardé ?

– Moi, je le trouve mignon, a dit Cassie.

< Alors là, je meurs>, a lancé Tobias, depuis la branche où il était perché.

– C'est vrai ? me suis-je inquiété.

< C'est juste une expression, Axos, a ajouté Tobias. Vous allez bien vous amuser. >

Axos. C'est comme ça que Tobias m'appelle, parfois.

Prince Jake a souri.

– Allez, viens, Ax. On y va. Si quelqu'un veut te taper dessus, on te protégera.

CHAPITRE 2

– Je n'ai pas compris cette histoire, remarquai-je.

Nous étions dans le cinéma. J'étais « assis ». Cela signifie plier votre corps et reposer sur le dépôt de gras qui se situe au milieu, derrière votre corps.

– C'était une bande-annonce, expliqua prince Jake. C'est juste pour te donner une idée du film qui doit sortir bientôt.

– Hum. Je vois. Pourquoi l'écran est-il plat et à deux dimensions ? Dimensions. Si-ons.

– Parce que les films, c'est comme ça.

– Ah.

– Ax, Tu veux goûter au pop-corn ? a proposé Marco en me tendant une des boîtes ouvertes qu'il s'était procurées.

– C'est de la nourriture ?

– Euh, en quelque sorte, précisa prince Jake. Mais,

Ax, tu te rappelles comment tu es, avec la nourriture, hein ? Alors fais attention, contrôle-toi.

J'ai regardé Marco manger un peu de pop-corn. J'ai fait comme lui. J'ai mis mes gros doigts humains dans la boîte. J'ai retiré une poignée de cette nourriture et je l'ai déposée dans ma bouche.

J'ai mâché.

La consistance était ferme et bizarre. Et le goût ! Ça me rappelait un aliment appelé pizza. Mais il y avait aussi un très léger goût de mégot de cigarette, ce que j'apprécie également. Bien que prince Jake m'ait dit de ne plus jamais manger de mégot de cigarette. C'est mauvais pour la santé.

J'ai pris une autre poignée de ce pop-corn. J'ai mâché. Encore une autre poignée.

– C'est excellent ! me suis-je exclamé.

– Il doit dater d'une semaine, a grogné Marco.

– Quels sont ces goûts ? Comment s'appellent-ils ?

– Je ne sais pas. Du sel ? Du gras ?

– Sel ! ai-je répété, savourant jusqu'au son du mot. Du sel ! Et du gras ! Gras !

– Hé, moins fort, a protesté quelqu'un derrière moi. Le film commence.

– Du sel. Sel. Gras. Gras.

– Ax, parle moins fort, d'accord ? m'a chuchoté prince Jake.

– Tiens, prends tout, a proposé Marco.

Il m'a tendu la boîte de pop-corn. J'ai rapidement mangé ce qu'il en restait.

– Pas la boîte ! a-t-il gémi. On ne mange pas la boîte !

– Elle avait aussi un goût de sel et de gras, lui ai-je fait remarquer.

– Oh, c'est pas vrai... Il n'est pas encore l'heure de partir ? a demandé Marco à prince Jake. Dis-moi qu'il est l'heure de partir.

Le film a commencé. On y voyait des humains et des non-humains en uniforme. Ils étaient apparemment dans un quelconque vaisseau spatial.

– Quel genre de vaisseau spatial est-ce ? ai-je voulu savoir. On dirait un peu un vaisseau Cargo hawjabran.

– C'est l'*Entreprise*, m'a répondu le prince Jake. Ce n'est pas un vrai vaisseau spatial, c'est juste une invention.

– Oui, je sais. Je sais bien à quoi ressemble un vrai vaisseau interstellaire.

Marco et prince Jake se sont regardés et ils ont échangé un sourire.

Le film m'a vite ennuyé. Par exemple, il y avait un personnage qui était manifestement une femelle ongachic. Pourtant, dans le film, ils appelaient cette créature un Klingon. C'était absurde.

Néanmoins, tout à fait par hasard, j'ai fait une découverte formidable : il restait encore du pop-corn ! Il était dans des boîtes, par terre. Je ne l'avais pas vu, dans le noir. Mais il y avait une boîte à moitié pleine juste à mes pieds.

J'ai vite avalé ce nouveau pop-corn. Alors, j'ai trouvé autre chose par terre, à côté. C'était une boîte plus petite. Elle contenait trois petits globules marron.

J'ai mangé les globules marron.

A ce moment-là, ce fut comme si la planète tout entière avait cessé de tourner. Ce goût ! Absolument indescriptible !

Ces globules marron ne ressemblaient à rien de ce que j'avais jamais connu. J'ai compris que ma vie avait changé. Je me suis senti transporté hors du monde des sensations quotidiennes, vers un niveau supérieur.

Encore ! J'en voulais encore !

Je suis tombé à genoux et je me suis mis à chercher. Je rampais par terre, en quête d'autres globules.

Il était plus facile de ramper que de marcher : quand je rampais, au moins, je reposais sur mes quatre pattes. Et puis les humains avaient recouvert le sol de matières adhérentes qui m'empêchaient de déraper.

Je n'ai pas trouvé d'autres boîtes de globules. En revanche, il y avait une petite enveloppe en plastique, un peu froissée. Et à l'intérieur de cette enveloppe froissée, j'ai découvert un morceau de quelque chose qui avait une odeur très ressemblante aux globules.

Je l'ai mis dans ma bouche.

Oui ! C'était le même arôme ! Le même arôme miraculeux, divin ! Et pourtant... il y avait aussi des différences. C'était plus croustillant. Et il y avait d'autres goûts également.

Le sol du cinéma était jonché de choses précieuses ! J'ai continué de ramper. Je devais me faufiler entre les jambes de plusieurs humains assis, qui poussaient de grands cris à mon passage.

– Non mais, qu'est-ce que vous faites ?

– Poussez-vous de là, espèce de fou !

Mais je ne pouvais pas me laisser distraire. Je voulais plus de cet étonnant aliment marron. Encore plus !

Oui ! Réussite ! Une autre petite boîte, et celle-ci à moitié pleine de pastilles aux couleurs vives. Et pourtant, à l'intérieur de chaque pastille, un peu de l'aliment marron et magique !

Encore. Encore ! J'en voulais encore !

Là… un jeune humain tenait une boîte pleine de ces globules bruns ! Mais je ne pouvais pas les prendre comme ça. Je devais lui demander la permission.

A quatre pattes par terre, j'ai levé la tête vers l'humain.

– S'il te plaît, tu me donnes tes globules marron ? lui ai-je demandé. Globules ! Bules !

– Maman !

– Non mais ça va pas ? s'est écrié un autre humain.

– Au secours ! Il essaie de prendre mes bonbons !

J'ai alors entendu une voix plus familière. C'était Marco.

– Où est-il ? Jake ! Où est Ax ?

– Je souhaite seulement savourer les globules marron, ai-je expliqué à l'enfant qui hurlait.

Brusquement, j'ai senti prince Jake et Marco qui m'attrapaient par les bras. Ils m'ont relevé et m'ont entraîné.

– Globules ! ai-je crié, en tendant la main vers la boîte que tenait le petit humain. Globules !

CHAPITRE 3

De nombreux dangers menacent l'Andalite en animorphe humaine. Tout d'abord, il y a le risque constant de perdre l'équilibre sur ses deux jambes. La moindre bousculade, et vous pouvez tomber à la renverse. Mais le pire, et de loin, c'est le danger du goût. Le goût est un sens qui peut rendre un Andalite complètement fou ! Surtout quand il s'agit de pains aux raisins ou de chocolat.

– Journal terrestre d'Aximili-Esgarrouth-Isthil.

Le temps que Marco et prince Jake m'aient fait sortir du cinéma, moitié en me tirant, moitié en me portant, je m'étais calmé. Nous avons débouché dans un espace très ensoleillé, où des véhicules sont garés.

– Bon, je crois que nous avons une leçon à tirer de cette histoire, fit prince Jake. Pas de chocolat pour Ax.

– Chocolat ? Choco ? Cho-co-lat ? ai-je répété, essayant le mot pour la première fois. Les globules marron s'appellent chocolat ? Et les pastilles aux couleurs vives ?

– En fait, les globules s'appellent des Maltesers. Les pastilles sont des M&M's. Est-ce que tu piges, maintenant, Ax ? m'a demandé prince Jake.

Je n'arrivais pas à savoir s'il était en colère ou amusé.

– Oui, ai-je répondu d'une voix tremblante. Je... le goût ! C'était tellement merveilleux.

A cet instant, Cassie et Rachel sont sorties d'un grand magasin, juste derrière moi. Elles m'ont regardé avec curiosité mais se sont maintenues à distance. C'est une règle, nous faisons attention à ne pas nous montrer en groupe. Les Contrôleurs sont partout.

Soudain, j'ai entendu un message en parole mentale.

< Hé, les gars, le film était si mauvais que ça ? >

C'était Tobias, qui patrouillait en altitude. Bien sûr, aucun de nous ne pouvait lui répondre. Les humains ne peuvent employer la parole mentale que quand ils sont en animorphe. Quant à moi, comme je me trouvais

dans un corps humain, j'étais également limité à la parole humaine.

< Il se passe quelque chose, a repris Tobias. Juste au coin, derrière vous. Il y a un type qui titube en hurlant de toutes ses forces. Les policiers arrivent à toute vitesse. Je suis quasiment sûr d'avoir entendu le mot « Yirk ». Il avance dans votre direction. >

Juste à ce moment-là, je l'ai entendu moi aussi. C'était un humain, et il criait d'une voix rauque et forte.

– Là, s'est exclamé brusquement Marco.

Un homme est apparu. Il semblait avoir du mal à tenir debout. Il s'est appuyé sur la devanture du magasin et a continué d'avancer en titubant. Les humains le dévisageaient et s'éloignaient.

– Écoutez-moi ! Écoutez-moi ! s'est-il écrié en lançant des regards fous autour de lui. Ils sont là ! Ils sont là ! Ils sont partout ! Les Yirks sont là !

Mon corps a ressenti comme une décharge électrique. Les corps humains se tendent quand ils sont surpris. J'ai vu que prince Jake et Marco avaient la même réaction.

J'ai entendu des sirènes qui se rapprochaient.

– Qu'est-ce qu'on fait ? a demandé Marco.

Prince Jake s'est tourné vivement vers Cassie et Rachel. Il leur a adressé un signe de la main.

– Séparez-vous ! a-t-il ordonné.

– Ils sont lààà ! a crié l'homme. Aaaahhhh !

Brusquement, il a porté les deux mains à son oreille droite.

– Je te tiens ! Je te tiens ! Meurs ! Meurs !

– C'est un Contrôleur, ai-je expliqué. Le Yirk dans sa tête est en train de mourir.

Jake m'a regardé.

– Je sais. J'ai connu ça.

J'ai hoché la tête. Jake était devenu un Contrôleur, mais ça n'avait pas duré longtemps. Nous étions arrivés à le garder enfermé et à faire mourir le Yirk de faim. Les Yirks vivent dans le cerveau des autres espèces, mais tous les trois jours terrestres, ils doivent s'immerger dans un bassin pour y absorber des rayons du Kandrona. Sans ça, ils dépérissent et meurent de faim.

Les rayons sont émis par une machine appelée Kandrona (il s'agit en fait d'un générateur Kandrona ondes/particules), puis ils sont concentrés dans le Bassin yirk, où les Yirks viennent s'alimenter.

Nous avions trouvé et détruit le Kandrona basé sur Terre.

– Pourquoi est-ce maintenant que ça se passe ? a demandé Rachel. Ça fait des semaines que nous avons détruit le Kandrona, et rien n'a jamais eu l'air de se produire. Alors pourquoi maintenant ?

J'ai haussé les épaules, comme le font les humains pour signifier l'ignorance.

– Je ne sais pas, Rachel. Peut-être que les Yirks s'épuisent. Ça doit leur demander un gros effort de faire aller et venir les Contrôleurs de la Terre à leur vaisseau Mère. Er-re. Ou peut-être qu'il y a un problème technique.

– Je ne savais pas que vous aviez des pannes, vous les gars de l'espace, a ricané Marco.

– Ça arrive, ai-je admis avec honnêteté. Les pannes. Pa-nneuh.

– Enfin, en tout cas, ça fait un Yirk de moins, a ajouté Marco d'un ton sec.

L'homme hurlait maintenant en tirant sur son oreille. J'apercevais l'extrémité visqueuse du Yirk agonisant qui sortait de sa tête.

– On ne peut pas l'aider ?

C'était Cassie. Rachel et elle avaient ignoré l'ordre de dispersion de prince Jake. Elles nous avaient rejoints et regardaient avec horreur, clouées sur place.

– Nous ne devons pas nous en mêler, a estimé prince Jake. Mais c'est probablement un bon signe. Peut-être qu'il n'y a que ce type, mais peut-être aussi qu'il y en a d'autres. Enfin ! Je m'attendais à ce que ça commence bien avant. Des Yirks qui meurent ! Des Contrôleurs qui se retrouvent soudain libres et humains de nouveau. (Il a souri, l'œil féroce.) Ils vont mourir, et leurs hôtes seront libres ! Au début, les gens les prendront pour des fous. Mais quand il y aura dix, vingt, cinquante personnes à lancer des cris d'alarme en parlant de Yirks, hein ? Ils ne pourront pas étouffer les rumeurs. Pas longtemps !

Il parlait d'une voix plus haute, plus aiguë, et les mots sortaient plus vite. Manifestement, il était excité.

Brusquement, une ambulance est arrivée à vive allure, suivie de deux voitures de police, gyrophares allumés et sirènes hurlantes.

– Ah ! s'est exclamé Marco. Je suis sûr que certains flics sont des Contrôleurs, mais ils ne peuvent pas tous en être. Jake a raison. La vérité va éclater ! Ça va marcher ! La vérité va éclater au grand jour !

– Oui, mais le Kandrona de remplacement doit arriver bientôt, a fait remarquer Rachel. On aurait dû assister à ce genre de scènes bien avant. Les Yirks ont dû

trouver un moyen d'empêcher que ça se produise jusqu'à maintenant.

Rachel est une vraie guerrière. Elle ne sous-estime pas ses ennemis. Elle n'était pas encore prête à parler de victoire.

Mais les autres avaient tous l'air heureux. Ils croyaient que de nombreux Yirks allaient mourir, et que leurs hôtes seraient libres et pourraient dire la vérité au monde.

Ils croyaient avoir gagné la guerre.

Ça me faisait de la peine pour eux. Car je connaissais la vérité. Je savais comment les Yirks opéraient.

A ce moment-là, j'ai failli l'apprendre à prince Jake. Il a une raison particulière d'espérer. Son frère, Tom, est un Contrôleur. Il n'y a rien au monde que prince Jake désire plus que la liberté de son frère.

Mais je savais que la présence, aux yeux de tous, de ce Contrôleur qui hurlait avec un Yirk agonisant dans sa tête, n'était due qu'à une négligence. Un problème était survenu dans l'organisation secrète des Yirks, mais je savais qu'il n'y aurait pas de témoins.

Je savais ce qui allait arriver à ce pauvre humain qui criait.

Jake était mon prince, maintenant, mon chef. Mais

si je le lui disais, il me poserait forcément des questions. Et je ne pourrais pas y répondre. Pas sans divulguer la terrible vérité qui se cache derrière la loi de la Bonté de Sierow.

Des humains sont sortis en courant de l'ambulance et des voitures de police. La plupart, comme l'avait dit Marco, étaient sans doute des humains normaux. Ils ont attrapé l'homme qui hurlait en tirant toujours le Yirk de son oreille.

– Oh mon dieu ! Qu'est-ce que c'est que ça ? a crié un policier horrifié. Il s'arrache le cerveau de la tête !

– Les Yirks ! Les Yirks sont là ! a hurlé l'homme. Meurs ! Meurs ! Sors de moi et meurs ! Liberté !

Les policiers ont entouré l'homme et l'ont poussé vers l'ambulance. C'était difficile à remarquer, sauf si on s'y attendait : le moment où l'un des policiers a sorti un petit cylindre d'acier de sa poche et l'a appuyé contre la nuque de l'homme.

– Je n'arrive pas à y croire ! s'est exclamée Cassie en jubilant. Peut-être que ça va vraiment se passer. Peut-être que les gens vont enfin se rendre compte de la vérité !

– Ils ont un vrai Yirk, maintenant, un Yirk vivant,

a insisté prince Jake. Ils ne pourront pas cacher tout ça éternellement.

A nouveau, j'ai pensé à leur révéler la vérité. A leur dire que l'humain était déjà parti. Que la limace yirk allait s'effriter et tomber en poussière. Qu'il n'en resterait aucune trace.

Mais même si ces humains étaient mes amis, même si nous nous battions côte à côte, il y avait des secrets que je ne pouvais pas leur livrer.

Je ne pouvais pas leur dire comment une race de limaces parasites en était venue à constituer un danger pour la galaxie tout entière. Je ne pouvais pas leur dire pourquoi nous autres, Andalites, devions combattre les Yirks. Pourquoi nous n'avions pas d'autre choix que de les combattre. Pourquoi nous les haïssions avec une telle force.

Nous avons nos secrets, nous les Andalites. Et le plus grand de tous nos secrets, c'est notre propre culpabilité.

– C'est super, a fait prince Jake en souriant.

– Oui, ai-je approuvé. Super.

CHAPITRE 4

Le lendemain matin, quand le soleil parut à l'horizon, je me trouvais au bord du ruisseau où je m'abreuve tous les jours. Il y avait des herbes, des feuilles mortes et des aiguilles de pin jusqu'au bord de l'eau. On pouvait à peine apercevoir le soleil par une trouée entre les arbres de la forêt.

< Depuis l'eau qui nous a donné la vie >, ai-je dit.

Sur ces mots, j'ai plongé le sabot avant droit dans l'eau.

C'était le début du rituel du matin.

< Depuis l'herbe qui nous nourrit >, ai-je ajouté, avant de reculer pour écraser une petite touffe d'herbe sous le même sabot.

< Pour la liberté qui nous unit. >

J'ai ouvert grand les bras.

< Nous nous élevons vers les étoiles. >

De mes quatre yeux, j'ai regardé le soleil qui se levait.

J'ai poussé un soupir. En réalité, tout cela ne rimait pas à grand-chose. Je n'avais jamais été un grand adepte des rituels. Bien sûr, quand on veut devenir un guerrier, il faut l'accomplir. Et quand un aristh est surpris à bâcler son rituel, il reçoit une réprimande verbale.

Mais tout de même. J'étais à environ un milliard de kilomètres terrestres de ma planète mère. Il m'était difficile de trouver une raison de continuer à me comporter en bon petit élève guerrier. J'étais seul parmi des créatures d'un autre monde. Qui se souciait de savoir si j'accomplissais le rituel ?

Je me suis incliné très bas.

< La liberté est ma seule cause. Le devoir envers mon peuple, mon seul guide. L'obéissance à mon prince, ma seule gloire. >

J'ai hésité. Tobias venait de se poser dans l'arbre au-dessus de moi.

< La destruction de mes ennemis, mon vœu le plus solennel. >

Je me suis redressé et j'ai adopté la posture de combat.

< Moi, Aximili-Esgarrouth-Isthil, élève guerrier andalite, j'offre ma vie. >

Sur ces mots, j'ai ramené la lame de ma queue et je l'ai appuyée sur ma propre gorge.

Puis j'ai relâché ma queue. J'étais arrivé au moment de recueillement. On était censé réfléchir aux différentes étapes du rituel et se demander si on remplissait tous les engagements.

La destruction de mes ennemis, mon vœu le plus solennel. C'est cette partie qui me restait présente à l'esprit. Je n'avais pas détruit mon ennemi. Mon ennemi était terrible et puissant. Et si j'essayais de le faire, c'est moi qui serais tué.

Mais cela n'avait pas d'importance. Ce qui comptait, c'était l'ennemi. La créature qui avait assassiné mon frère. Et non pas au combat, mais alors qu'il gisait sans défense.

Ce sont les humains qui m'ont raconté la fin de l'histoire d'Elfangor. Alors que le dôme sombrait dans l'océan de la Terre, le chasseur de mon frère a été endommagé par les Yirks.

Il s'est posé sur un chantier abandonné. Cinq jeunes humains passaient par là : Jake, Cassie, Marco, Rachel et Tobias.

Elfangor était mourant, et il savait que la Terre était désormais sans défense. Il a parlé aux cinq jeunes de la menace yirk. Et il a fait ce qu'il n'aurait pas dû faire. Il leur a donné une arme pour combattre les Yirks.

Il leur a donné le pouvoir andalite de l'animorphe.

Jamais, dans l'histoire de l'Univers, un non-Andalite n'a reçu le pouvoir de morphoser. Cela va à l'encontre d'une de nos lois les plus importantes : la loi de la Bonté de Sierow.

Il existe une seule autre créature capable de morphoser : le Yirk qui a conquis un corps d'Andalite. C'est l'unique Andalite-Contrôleur. Il y a des centaines de milliers de Hork-Bajirs, de Taxxons et d'humains qui sont asservis de cette façon, mais un seul Andalite.

Un seul Yirk à avoir un corps d'Andalite et à détenir le pouvoir de l'animorphe.

L'Abomination : Vysserk Trois.

Les humains m'ont raconté la dernière bataille d'Elfangor. Ils m'ont raconté comment Vysserk Trois avait morphosé en une créature gigantesque et monstrueuse. Comment il s'était battu jusqu'à la dernière seconde, avec l'énergie du désespoir. Comment Vysserk Trois avait ouvert les mâchoires et…

Les humains l'ignorent, mais si Elfangor avait survécu, il aurait eu de gros, gros ennuis. Il aurait été dégradé, au minimum. Il n'aurait plus été prince. Il n'aurait plus été considéré comme un héros.

< La destruction de mes ennemis, mon vœu le plus solennel. >

Je m'étais trouvé en présence de Vysserk Trois plus d'une fois. Il était toujours en vie. Je n'avais aucune excuse, en dehors du fait que je n'étais encore qu'un aristh. Si je portais le titre de guerrier, ce serait le déshonneur total.

Elfangor, lui, aurait eu le courage d'agir. Si c'était moi que Vysserk Trois avait tué, Elfangor se serait aussitôt lancé à sa poursuite.

Mais je crois que je ne suis pas Elfangor.

< Hé, Axos, comment va ? >

< Ça va bien, Tobias. >

En fait, c'était faux. La présence de Tobias me rappelait que j'avais quelque chose de prévu ce matin, et j'étais inquiet. Peut-être est-ce pour cela que le rituel ne m'avait pas apaisé, comme il est censé le faire. J'avais projeté de faire quelque chose de très effrayant : aller à l'école.

< Je ne veux pas être curieux ou quoi, mais qu'est-ce que tu faisais ? Je t'ai déjà vu le faire avant. >

< Le rituel du matin. Il rappelle au guerrier qu'il doit être humble. Et servir le peuple. >

< Ça a l'air bien. Aaahh ! Euh… Ax ? Ne recule pas. En fait, ne bouge pas du tout. >

< Qu'est-ce qu'il y a ? >

< Tu n'entends pas ? >

J'ai écouté.

< Cette espèce de sifflement ? Ce n'est pas la première fois que je l'entends. >

< C'est un serpent à sonnette. Juste à côté de ta patte. Ils sont venimeux, tu sais. >

< Ah non, je ne savais pas. >

Je me suis retourné et j'ai vu le serpent. Il était lové dans les feuilles mortes. Ce que je n'ai pas vu, c'est le moment où il a mordu ! Beaucoup trop rapide ! Trop rapide pour le voir, encore plus pour l'éviter.

Heureusement, ses crochets ont heurté mon sabot ! J'ai rabattu la queue et j'ai plaqué le serpent au sol. Il s'est mis à se tortiller en faisant son bruit de sonnette avec sa queue.

< Vaudrait mieux s'en débarrasser >, me conseilla Tobias.

Mais j'avais une autre idée. Je me concentrai sur le serpent. Je commençai à acquérir son ADN.

< Tu veux être capable de morphoser en serpent ? > s'étonna Tobias

< C'est un animal très rapide, et j'ai moins d'animorphes terrestres que les autres. Ça peut servir un jour. >

Le serpent était devenu inerte, comme le sont tous les animaux pendant qu'on les acquiert. A la fin du processus d'acquisition, une fois l'ADN du serpent en moi, je me suis servi de ma queue pour le balancer dans les buissons.

< Alors, m'a demandé Tobias, tu persistes dans ton projet de « découverte des humain » ? >

< Oui. Je suis peut-être sur cette planète pour longtemps. Je devrais en profiter pour apprendre à connaître les humains. Même si... Je crois que je me suis mal conduit au cinéma. >

Tobias a ri. Il a ri un bon moment.

< Ouais. C'est ce que j'ai entendu dire. Il faut juste que tu évites le chocolat. >

< Je ne suis pas mûr pour le sens du goût. C'est une expérience bouleversante. Peut-être que je ne devrais plus morphoser en humain. >

< T'inquiète pas. Mais à propos de goût... tu sais qu'il y a un grand mystère à ton sujet. >

< Un grand mystère ? >

< Ouais. Personne n'ose te poser la question parce qu'ils ont peur que ce soit impoli. Mais on se demande tous comment tu fais pour manger sans bouche. >

< Comment je fais pour manger ? ai-je répété, intrigué. Ben j'ai des sabots, non ? >

< Oôôôkay... J'me mêle de mes oignons. >

Nous avons commencé à avancer dans le bois. Je courais bon train. J'aimais sauter par-dessus les branches tombées au sol et contourner les gros buissons de ronces. Je commençais à bien connaître cette forêt.

Pendant que je courais et sautais, Tobias volait au-dessus de moi. Par moments, il s'élevait au-delà des cimes et je le perdais de vue. A d'autres, il voletait d'arbre en arbre, silencieux et rapide.

< A l'école, en xénobiologie, on a fait les humains, ai-je raconté à Tobias. On étudiait surtout des émissions télévisées humaines. Des journaux télévisés, des variétés, de la musique. >

< De la musique ? Tu veux dire comme sur MTV ? Vous regardiez des clips, sur la planète andalite ? >

< Je ne me souviens pas ce que c'était. Je... je n'écoutais pas beaucoup, en xénobiologie. Mainte-

nant, je le regrette. Un guerrier est censé être aussi un savant et un artiste, en plus d'un combattant. Mais je n'aimais pas toujours ce que l'on apprenait, alors je n'écoutais pas. J'imagine que les humains écoutent toujours, à l'école. >

< Absolument. C'est pour ça que je suis un expert de la guerre de Sécession. >

< Une guerre ? Raconte. >

< Je plaisantais. J'ignore tout de la guerre de Sécession. On est presque arrivés. Tu te sens prêt ? >

Nous avions atteint un petit bois. En temps ordinaire, je n'aurais jamais osé m'aventurer si loin car il était entouré d'habitations humaines sur trois côtés. Mais Tobias était dans le ciel, guettant le moindre danger de son regard extraordinairement perçant.

< Oui, je suis prêt. >

< Jake et Cassie arrivent, ils traversent le champ. Il est temps de morphoser, Ax. Il est temps de devenir humain. >

< Tobias, est-ce que… tu seras tout seul, aujourd'hui. Pendant que je serai avec les autres. >

< Parce que je ne peux pas me débrouiller sans toi, peut-être, Axos ? J'ai des trucs à faire. Des plumes à lisser. Des rongeurs à manger. En plus,

Ax, Jake m'a déjà demandé de survoler l'école pendant que tu y serais. >

Je ne sais pas pourquoi, mais ça m'a réconforté de savoir que Tobias serait dans le ciel au-dessus de moi toute la journée.

Quelquefois, je me dis que lui et moi pourrions devenir de vrais shorms. Un shorm, c'est un grand ami, quelqu'un à qui vous ne mentez jamais, quelqu'un qui connaît tous vos secrets. Le mot shorm signifie « lame caudale », la lame que nous avons au bout de la queue. C'est une image, vous voyez. Ça veut dire quelqu'un à qui vous faites tellement confiance qu'il pourrait vous mettre sa lame contre la gorge sans que vous soyez du tout inquiet.

Quelquefois, je me dis que nous pourrions être comme ça, Tobias et moi. Nous sommes tous les deux séparés des nôtres. Nous sommes tous les deux seuls.

Mais si nous étions amis, je n'aurais plus de secrets pour Tobias. Et il a beau avoir une forme de faucon, il n'en est pas moins humain. Or je suis andalite. Et peu importe combien je désire avoir un véritable ami, par moments, il faut qu'il y ait une séparation entre mon peuple et les humains. Entre moi et les humains.

C'est une erreur de devenir trop intime avec des créatures d'un autre monde, quelles qu'elles soient. C'est ce qu'on nous enseigne. On peut protéger ces créatures, on peut les défendre, on peut avoir de l'affection pour elles. Mais elles ne peuvent jamais devenir nos vrais amis.

CHAPITRE 5

J'ai morphosé en quelques animaux andalites. Et j'ai morphosé en beaucoup d'animaux terrestres bizarres. Mais l'animal dans lequel je morphose le plus souvent, c'est l'animal humain. Ils sont faibles, lents, à moitié aveugles et peu stables sur leurs jambes, mais aucun Andalite ne doit se moquer d'eux. Les humains règnent sur leur planète. Et comme l'a dit un jour l'humain Rachel : « La Terre est un endroit drôlement dangereux. »

– Journal terrestre d'Aximili-Esgarrouth-Isthil.

J'ai jeté un coup d'œil entre les arbres. J'ai aperçu un grand champ couvert d'herbe. Tout au bout, il y avait plusieurs longues bâtisses. De grands véhicules jaunes étaient garés devant. Des centaines de jeunes humains s'agitaient à l'extérieur des bâtiments.

Prince Jake et Cassie s'étaient rapprochés.

– Salut, Ax. Comment ça va ?

< Très bien, prince Jake. >

– Euh... tu ne vas pas m'appeler prince Jake, aujourd'hui, hein ?

< Quand je serai en animorphe humaine, je me comporterai en humain normal >, lui ai-je assuré.

– Bien, tu devrais commencer à morphoser, m'a suggéré Cassie.

< Je crois que tout va bien mais je vais quand même jeter un coup d'œil d'en haut >, est intervenu Tobias.

En quelques battements d'ailes, il s'est lentement élevé dans le ciel.

Je me suis concentré sur mon animorphe humaine et j'ai amorcé ma transformation.

< C'est bon, a lancé Tobias d'en haut. Il y a quelques élèves à cinquante mètres, mais ils ne peuvent pas vous voir. >

J'ai morphosé aussi vite que j'ai pu, tout en faisant attention à ne pas tomber quand mes troisième et quatrième pattes ont disparu. A la fin, je ne me tenais plus que sur deux jambes. C'est à la fois effrayant et excitant. Je veux dire, vous êtes là à chanceler d'avant en arrière sans rien pour vous soutenir. Vos pieds ne

peuvent pas s'agripper, et ils sont beaucoup trop courts pour vous aider à tenir en équilibre.

La seule chose à faire, quand vous sentez que vous tombez, c'est de passer sur une seule jambe tout en envoyant l'autre en avant pour vous rattraper. Ce n'est pas sûr du tout. Je ne sais pas pourquoi les humains ont évolué de cette façon. C'est la seule espèce de cette planète à marcher sur deux pattes seulement, sans ailes ni queue pour s'aider.

– Hé, rattrapez-le, a crié prince Jake en me voyant partir en arrière.

– Je le tiens ! l'a rassuré Cassie, qui m'a aidé à tenir debout pendant que je finissais l'animorphe.

En tout dernier, ma bouche, une fente horizontale sur ma figure, est apparue.

– Tu as fini ? a demandé prince Jake.

– Oui, je suis entièrement humain.

J'adorais ce son. C'est un talent étonnant, cette capacité à produire des sons complexes.

– Humain. Main. Hûû-main, ai-je répété.

– Euh... Ax ? Ne fais pas ça, d'accord ?

– Quoi prince Jake ? Quou-a ?

– Ça. Cette façon de répéter chaque son comme si c'était un nouveau jouet.

– Oui, mon prince. Pas un jouet. Jouet ! Jouè-jouè-jouè-jouèèè… Excuse-moi.

– Ça promet d'être intéressant, a fait Cassie en regardant prince Jake.

Tobias a piqué vers nous et s'est perché sur une branche d'arbre.

< C'est plutôt mignon, a-t-il remarqué, le premier jour d'Ax à l'école. >

– Son seul jour à l'école, a aussitôt répliqué prince Jake. C'est juste pour qu'il puisse apprendre à faire un humain plus crédible. C'est pour une seule fois.

Prince Jake a levé un doigt pour indiquer le nombre un.

– Oui, un, ai-je acquiescé. Maintenant, allons à l'école. Je suis impatient. Tient. Si-an.

– N'oublie pas, tu es mon cousin Phillip, tu viens de la campagne, m'a rappelé prince Jake, en me tendant un sac rempli d'habits.

– Phillip, ai-je répété avec assurance. Phillip. Lip. Phil-lip. Lip-peu.

J'aime bien le son de la lettre « p ».

Je me suis habillé et je me suis dirigé vers le bâtiment qui était leur école.

< Amuse-toi bien >, m'a lancé Tobias.

Il m'a semblé déceler une petite pointe de mélancolie dans le ton de sa voix mentale. C'était étrange, j'imagine : moi, un extraterrestre, je pouvais aller à son école. Lui ne pouvait pas.

– Oui, ai-je répondu par-dessus mon épaule.

Malheureusement, ça m'a fait tomber, de me pencher comme ça. Il faut de l'entraînement pour marcher sur deux pattes seulement.

CHAPITRE 6

Un humain n'a que deux yeux. Ils sont tous les deux sur le devant de sa figure. C'est pareil pour la plupart des espèces terrestres. Ces yeux humains sont très semblables à nos yeux principaux. Mais les humains paraissent fascinés par mes tentacules oculaires. Un des humains, Marco, m'a dit que « ça lui fout la mégachair de poule ». Je crois que c'est un compliment.

– Journal terrestre d'Aximili-Esgarrouth-Isthil.

– **L**e voici, a dit Cassie. Voici le collège. Ou, comme j'aime l'appeler, le purgatoire.

L'endroit était très animé. Il y avait un grand nombre d'humains qui couraient à toute vitesse. D'autres se déplaçaient très lentement, l'air triste ou malade. Beaucoup portaient des livres.

La plupart produisaient des sons de bouche.

Comme d'habitude, ils portaient une scandaleuse variété de vêtements. L'habillement n'est pas une idée exclusivement humaine, mais les Andalites n'ont pas développé cette pratique.

Cependant, quand je suis en animorphe humaine, je dois porter des vêtements. Tous mes amis humains, même Tobias, sont d'accord là-dessus. Ils insistent tous très fortement sur ce point.

J'ai reconnu Rachel et Marco qui approchaient dans la foule des élèves.

Mes autres amis humains me disent que Rachel est jolie et que Marco est mignon. En tant qu'Andalite, je ne le remarque pas. Mais, quand je suis en humain, je trouve que Rachel est effectivement très jolie. Mais je ne ressens pas la même chose pour Marco.

A l'école, les Animorphs doivent faire semblant de ne pas être spécialement amis. C'est pour éviter que des humains-Contrôleurs méfiants se mettent à penser qu'ils forment un groupe.

– Salut Marco, salut Rachel, a dit prince Jake. Je vous présente mon cousin, Phillip.

– Oui, je suis le cousin de prince Jake, ai-je ajouté. Je viens de la campagne.

Marco a fait un sourire avec sa bouche.

– Tu viens d'une campagne très, très lointaine.

– Ne m'appelle pas prince, a bougonné Prince Jake.

– Comment ça va, depuis la dernière fois ? m'a demandé Rachel avec un clin d'œil. (Étant vraiment la cousine de Jake, logiquement, elle aurait déjà dû rencontrer Phillip.) A plus tard, les gars. Bonne chance.

– Vous en aurez besoin, a ajouté Marco.

Nous sommes entrés dans le bâtiment de l'école. A l'intérieur, on aurait dit un seul très long couloir, rempli d'humains. De chaque côté, il y avait des portes. Certaines étaient grandes. Mais il y en avait des centaines d'autres qui étaient plus petites. J'ai observé les gens qui les ouvraient : personne ne rentrait jamais à l'intérieur.

– Où mènent les petites portes ? ai-je demandé à Cassie.

– Nulle part. Ce sont des casiers. Nous en avons chacun un. Regarde, là, c'est le mien.

Nous sommes allés au casier de Cassie. Il était orné d'un pendentif brillant. Sur le pendentif, il y avait une roue avec des chiffres dessus. Cassie a fait tourner la roue d'avant en arrière, plusieurs fois.

– Est-ce un rituel ? Tuel. Rituel.

– Non, c'est un cadenas. C'est pour empêcher les gens d'ouvrir mon casier.

– Pourquoi ?

– Pour qu'ils ne me volent pas mes affaires.

Elle a ouvert son casier et s'est mise à y mettre des choses et à en sortir d'autres.

– Qu'est-ce que c'est que ça ? Ksa ? Que ça ?

– Juste une photo, a répondu Cassie en refermant vivement la porte.

– On aurait une photo de prin... de Jake. Pourquoi aurais-tu une photo de lui alors qu'il est là et que tu peux le voir ?

Cassie a haussé les épaules et elle a regardé par terre. Les humains ont de nombreuses expressions faciales. Je crois que la sienne, à ce moment-là, indiquait soit la nausée, soit l'embarras.

– Allez viens, Ax, a fait prince Jake.

Il souriait à Cassie, qui avait toujours l'air malade ou embarrassée.

– A tout à l'heure, Cassie, a continué Jake. C'est l'heure de...

Juste à ce moment a retenti un bruit terrible, assourdissant !

DDDDRRRRRIIIIIIIIIINNNNGGGGG !

Je me suis retourné. J'ai levé mes bras humains, prêt à m'en servir pour me défendre. J'ai regretté de ne pas avoir ma queue. C'est quelque chose de terrible de livrer un combat sans avoir de queue. Mais j'étais décidé à faire de mon mieux avec mon corps humain.

– Cool, Ax ! Je veux dire, Phillip.

– Mais ce bruit ! Qu'est-ce que c'est comme bête ?

– Ax, c'est juste la sonnerie du premier cours. Calme-toi, les autres te regardent.

– Ce n'est pas une menace ?

– Non, ce n'est pas une menace. C'est déprimant, mais sans danger.

J'ai suivi prince Jake le long du couloir. Il était difficile d'oublier l'horrible bruit. Quand les humains sont menacés, leur corps s'emplit d'une substance chimique qui les rend hypervigilants, craintifs et agressifs. Cette substance s'appelle adrénaline. Mon organisme était maintenant gorgé d'adrénaline. C'était très perturbant.

Nous sommes entrés par une des grandes portes. A l'intérieur, il y avait une trentaine d'humains, disposés en rangs dans de petits espaces. A l'avant de la pièce, une grande table. Un humain plus âgé se tenait debout devant la table.

– Tout le monde assis, a-t-il ordonné.

– Monsieur Pardue, a dit prince Jake. Voici mon cousin de la campagne. Il s'appelle Phillip. Il passe juste la journée d'aujourd'hui avec moi, d'accord ?

– Assieds-toi, Jake. Tais-toi et assieds-toi.

J'ai vu à l'expression faciale de prince Jake qu'il était troublé. Il m'a attrapé par le bras et m'a entraîné au fond de la salle.

– Prends ce bureau.

– Et j'en fais quoi ? Cou-a ?

– Je veux dire : assieds-toi là.

Je comprenais ce que s'asseoir voulait dire. Je commençais à être assez bon pour imiter les humains.

Une fois, j'ai dû morphoser en prince Jake et me faire passer pour lui pendant deux jours. Je suis arrivé à tromper ses parents et son frère. J'ai appris plus tard, néanmoins, que ses parents avaient cru qu' « il » était tombé malade mentalement. Quand le véritable prince Jake était revenu, ils l'avaient emmené chez le médecin.

– Ce n'est pas agréable d'être assis à ce bureau.

– T'as tout pigé, mec, a dit un humain que je ne connaissais pas.

– Qu'est-ce qui se passe dans le fond ? a demandé

le professeur d'une voix forte. Taisez-vous. Qu'est-ce qui... qu'est-ce... qu'...

Brusquement, il s'est attrapé la tête à deux mains.

– Taisez-vous ! Taisez-vous tous !

Maintenant, prince Jake avait l'air très troublé.

– Monsieur Pardue, est-ce que ça va ?

Les autres humains regardaient tous le professeur, eux aussi. Ils étaient parfaitement silencieux.

– Si ça va ? a demandé M. Pardue, en colère. Si ça va ? Si... aaahhhhhh !

D'un seul coup, M. Pardue a basculé vers l'avant et s'est étalé par terre. Il s'est mis à se griffer la tête à pleines mains. Et il a crié :

– Yirk ! Sors de moi !

Il se griffait tellement fort que sa tête a commencé à saigner.

CHAPITRE 7

– Aaaaahhhhhh ! hurlait le professeur en se griffant la tête.

Un des humains a crié :

– Qu'est-ce qui se passe ? Qu'est-ce qui se passe ?

Un autre est sorti en courant dans le couloir pour chercher de l'aide :

– Au secours ! Au secours !

Prince Jake et moi étions assis au fond de la salle, l'un à côté de l'autre, immobiles.

– Arrête d'abîmer notre corps ! s'est exclamé M. Pardue.

Puis, comme s'il se répondait à lui-même, il a ajouté d'une voix pâteuse :

– Sors de ma tête ! Sors de ma tête ! Tu es foutu !

Prince Jake a croisé mon regard. Nous savions tous les deux ce qui était en train de se passer.

– Ça en fait deux, a murmuré prince Jake. Deux que nous voyons. Il y a un problème… ils ont un problème.

M. Pardue s'est mis à pleurer. Et à jurer. Sans cesser de se tordre sur le sol, avec tous les autres humains debout autour de lui qui le regardaient, impuissants et horrifiés.

– Savais-tu que cet humain était un Contrôleur ? ai-je demandé à prince Jake, en essayant de parler très bas.

– Non. Il m'a toujours fait l'effet d'un type sympa. Je ne peux pas rester là à regarder sans rien faire !

– Sors de moi ! a encore hurlé M. Pardue.

Le Yirk qui était dans la tête du professeur faiblissait. Il dépérissait par manque de rayons du Kandrona. Et l'hôte, le véritable M. Pardue, luttait pour reprendre le contrôle.

Tout à coup, prince Jake s'est levé et il a couru vers le professeur. Je me suis précipité derrière lui. J'ai essayé de l'attraper par le bras, mais il a été trop rapide.

– Prince Jake ! l'ai-je appelé sèchement.

Il m'a ignoré.

Prince Jake s'est agenouillé auprès du professeur, qui saignait de la tête.

– Je sais ce que c'est, a-t-il murmuré, je sais ce que c'est, monsieur Pardue. Tenez bon. Le Yirk va mourir. Vous serez libre.

D'autres humains se rapprochaient. Ils risquaient de l'entendre.

– Reculez, ai-je dit. C'est peut-être dangereux.

Je n'avais rien trouvé d'autre. Ça a paru marcher. Ils se sont écartés.

M. Pardue a levé des yeux voilés et s'est efforcé de fixer son regard sur le visage de prince Jake.

Prince Jake a serré très fort l'épaule du professeur.

– J'ai vécu ça, monsieur Pardue, a-t-il murmuré. J'y suis arrivé. J'ai été un Contrôleur et j'y ai survécu. Accrochez-vous.

J'ai scruté le visage des autres humains en essayant de voir s'ils avaient entendu quelque chose. Jake était mon prince, mais ce qu'il faisait là était dangereux, c'était de la folie.

Brusquement, la porte de la salle de classe s'est ouverte. J'ai reconnu l'humain qui s'est précipité dans la pièce.

Chapman.

C'est le directeur de ce collège. C'est également un des chefs des Contrôleurs.

– Bon, les enfants, tout le monde dehors, a ordonné Chapman d'un ton sévère. Tout le monde dans la cour. Sortez du bâtiment. Monsieur Pardue a un malaise.

– Vous ! a crié M. Pardue. Non ! Chapman est... c'est...

– J'ai dit dehors ! a rugi Chapman.

Les humains se sont enfuis de la pièce, pressés d'échapper à cette scène de folie.

Mais prince Jake n'a pas bougé. Il est resté près de l'humain nommé Pardue. J'ai vu ses poings se serrer. Il y avait une lueur dangereuse dans son regard.

Chapman m'a regardé. Puis il a regardé Jake.

– Jake, sortez, vous et votre ami.

Pendant un instant où le temps a paru se figer, personne n'a bougé. J'ai retenu mon souffle. Prince Jake allait-il provoquer un combat ? En ce cas, je devrais rester à ses côtés. Mais ce serait de la folie. Il ne pouvait pas se permettre de se dévoiler.

Je l'ai attrapé par le bras et je l'ai forcé à se relever. Il m'a lancé un regard furieux.

– Il faut qu'on sorte, ai-je dit.

Il a hoché lentement la tête.

– Ouais. J'espère qu'il va s'en remettre.

Prince Jake a regardé Chapman.

– Il va s'en remettre, n'est-ce pas, monsieur Chapman ?

– Comment savoir ? a froidement répondu ce dernier.

J'ai entraîné prince Jake vers la porte. Il s'est arrêté sur le seuil et quand nous nous sommes retournés pour jeter un dernier coup d'œil, nous avons vu Chapman sortir un petit cylindre en métal de sa poche. Il l'a appuyé contre la nuque du professeur, qui était en larmes.

– Non ! a crié M. Pardue. Non !

Puis, très brusquement, il s'est tu.

Prince Jake s'est retourné et il est parti en courant. Il a bousculé les autres, qui étaient encore rassemblés dans le couloir, devant la salle. Il a couru dehors. Il suffoquait, comme s'il manquait d'air.

Je l'ai rattrapé, mais non sans difficulté. Il a plus d'entraînement que moi pour courir sur deux pattes.

– Prince… Je veux dire, Jake. Tu te sens mal ?

Il a secoué la tête.

– Pardue était un Contrôleur. Le Yirk mourait. Et pourquoi ? Parce que nous avons détruit le Kandrona. Moi, toi et les autres. C'est nous qui avons fait ça !

– C'était nécessaire, ai-je dit. Nous avons porté un grand coup aux Yirks en détruisant le Kandrona.

– Chapman l'a tué, hein ? Le petit cylindre en métal. Tu as vu ? Pas seulement le Yirk, mais aussi le vrai Pardue. Il les a tués tous les deux.

Il n'y avait plus de raison de mentir. Prince Jake avait vu la vérité. Et l'idée de mentir, là, maintenant, me rendait malade.

– Si le Yirk qui était dans monsieur Pardue était mort, ai-je expliqué, le professeur aurait survécu et il aurait été libre. Il aurait raconté ce qui se passe à d'autres humains. Il les aurait avertis. Les Yirks ne peuvent pas se permettre de laisser des témoins.

– Ils vont tuer tous les hôtes dont les Yirks meurent, c'est ça ? m'a demandé prince Jake avec amertume. Tous les humains-Contrôleurs dont le Yirk meurt vont être éliminés. C'est ça, n'est-ce pas ?

– Oui.

Le visage de prince Jake a pris une nouvelle expression. Je crois que c'était du dégoût.

– C'est nous qui avons fait ça.

– C'est la guerre.

– Et mon frère, a repris prince Jake. Tom. C'est un Contrôleur. Qu'est-ce qu'il va devenir ?

Je ne connaissais pas la réponse. Les Yirks en sauveraient autant que possible. Mais si leur système Kandrona de secours était défaillant, ils feraient ce qu'ils auraient à faire. Ils détruiraient toutes les preuves.

Prince Jake me dévisageait.

– Tu le savais, qu'ils feraient ça ?

Je lui ai rendu son regard. C'était peut-être l'adrénaline humaine dans mon organisme, mais je sentais la colère me gagner. La lueur accusatrice qui brillait dans les yeux de prince Jake me mettait en colère.

– Oui, je le savais.

– Comment tu le savais ?

J'ai hésité. Ça n'a pas plu à prince Jake. Il m'a brusquement plaqué contre le mur.

– Comment savais-tu que les Yirks allaient faire ça ?

– Parce que ça s'est déjà produit avant. Tu crois que vous êtes la première planète envahie par les Yirks ? Tu crois que la Terre est le seul endroit où nous, les Andalites, nous les avons combattus ? Ils ne laissent pas de témoins.

Prince Jake m'a lâché. Mais il m'a regardé avec une méfiance évidente.

– Je n'aime pas ta façon de faire des secrets,

Ax. Je suis ton ami. Nous sommes tes amis. On devrait savoir tout ce que tu sais. Tu ne m'avais pas parlé de ça.

– Il se passe des choses terribles en temps de guerre. Tu as fait ce que tu devais faire. Détruire le Kandrona faisait partie de cette guerre.

– Tu peux l'appeler une guerre, mais moi je la déteste.

– Aime le guerrier, déteste la guerre. Guer-reuh.

– C'est quoi, un vieux dicton andalite ? a fait Jake d'un ton sarcastique.

– Oui. Mon frère disait toujours ça.

Prince Jake m'a regardé très longuement. Ça m'a mis mal à l'aise.

– Tu sais quoi, Ax ? Parfois, j'ai l'impression que nous les humains, nous ne sommes que des pions dans ce grand jeu entre vous, les Andalites, et les Yirks. Nous ne sommes que des munitions dans votre guerre, n'est-ce pas ? Trop bêtes pour savoir ce qui se passe réellement. Trop primitifs pour être de véritables guerriers.

– Non, ce n'est pas vrai.

Ma colère retombait. Mais non la méfiance de prince Jake.

– Tu te bats à nos côtés, Ax. Je te considère comme un des nôtres. Et puis je découvre que tu nous caches des choses. Rachel et Marco n'arrêtent pas de me demander : « Que savons-nous sur Ax ? Qu'est-ce qu'il nous a dit sur sa propre planète, alors que nous, nous lui montrons tout ? » Je leur ai dit que nous pouvions te faire confiance. Maintenant j'ai des doutes. J'ai vraiment des doutes. Il n'y a pas de confiance quand on fait des secrets. Tu aurais dû me dire que les Yirks allaient faire ça. Tu sais que j'ai un frère qui... tu es au courant pour Tom. J'avais le droit de savoir ce qui pouvait arriver.

– Peut-être n'aurais-tu pas détruit le Kandrona si tu avais su que ça pouvait mettre Tom en danger, lui ai-je fait remarquer.

Prince Jake a approché son visage tout près du mien.

– C'est ce que tu penses ? Tu sais quoi, Ax ? Tu as bien raison de vouloir en apprendre davantage sur les humains. Parce que tu ne comprends rien aux humains. Rien du tout.

CHAPITRE 8

Un Andalite pourrait prendre les humains pour des créatures simples, ouvertes et confiantes. Mais ils sont plus complexes qu'il n'y paraît au premier abord. Sans doute à cause de leur langage verbal, dans lequel les mots ne signifient jamais qu'une seule chose.

– Journal terrestre d'Aximili-Esgarrouth-Isthil.

Ma journée à l'école des humains s'est terminée quand on a emmené le corps du professeur qui avait été un Contrôleur. Prince Jake est rentré chez lui. J'ai regagné la forêt et j'ai repris ma vraie forme avec soulagement.

Mais j'ai passé une très mauvaise après-midi et une très mauvaise nuit. J'ai compris que prince Jake et les humains ne pourraient jamais être mes vrais shorms.

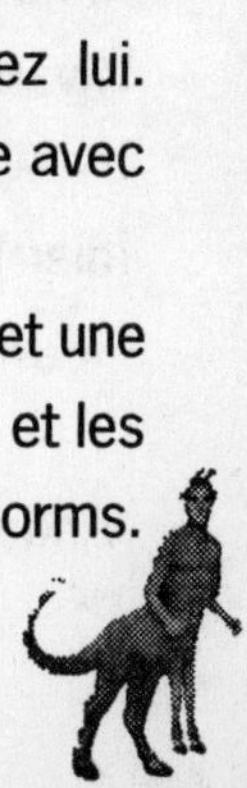

Je savais qu'il y avait un fossé entre eux et moi. Mais ils étaient tout ce que j'avais. Sans eux, j'étais absolument seul. Et la colère et la méfiance de prince Jake m'avaient blessé.

C'est terriblement dur d'être à des milliards de kilomètres terrestres de toutes les membres vivants de sa propre espèce.

Le lendemain, Marco m'a invité à « traîner » avec lui. Ça m'a étonné. Marco n'a jamais été très chaleureux envers moi, contrairement à Cassie, Tobias et Prince Jake. Rachel non plus n'a jamais paru me considérer comme un ami. J'ai morphosé en humain et j'ai retrouvé Marco à la lisière de la forêt.

– Alors, m'a-t-il dit, tu veux faire comme Pinocchio, hein ?

– Quoi ?

– Pinocchio était une marionnette sculptée dans du bois. Il voulait être un vrai petit garçon, un humain vivant.

– Je ne veux pas être un humain. Je veux juste étudier les humains.

Marco a souri.

– Quelle coïncidence. Moi, je veux étudier les Andalites.

Il m'a fallu plusieurs minutes pour comprendre ce qu'il était en train de me dire.

– Ah ! Prince Jake t'a demandé d'obtenir des informations à notre sujet.

– Jake était un peu contrarié que tu ne nous aies pas dit tout ce que tu savais. Et Rachel encore plus contrariée, a avoué Marco. Viens, on doit prendre le bus. Tu veux apprendre des choses sur les humains, n'est-ce pas ? J'ai pensé que j'allais t'emmener dans une librairie. Intelligent comme tu l'es, tu peux apprendre à lire.

– Librairie ? Lib-rai-rie ?

– Ouais. Des livres. De la littérature. De l'histoire. Cent mille livres, tous sur l'espèce humaine. Et tu pourras choisir tous ceux que tu veux. Nous n'avons pas de secrets, pas comme certaines espèces que je ne nommerai pas, qui ne veulent même pas nous dire le moindre petit truc, par exemple comment ils font pour manger sans bouche.

– Je vois. Vous me donnez les clés de votre société. Soci-été. Yété. Et en échange, vous voulez que j'en fasse autant.

– J'ai dit à Jake que je pourrais facilement te faire parler, mais il m'a répondu : « Non, Ax est un ami.

Montre-lui que nous n'avons rien à cacher. Peut-être qu'il finira par se décider à nous faire confiance. »

Je me suis senti coupable. Ils me faisaient confiance. Ils n'avaient jamais rien fait pour me nuire. Tout au contraire, ils avaient été merveilleux avec moi. Ils s'étaient montrés gentils à tous les égards.

– J'ai mes raisons d'avoir des secrets, ai-je dit.

Marco a acquiescé :

– Oui, on sait. Rachel dit que tu n'es sans doute pas autorisé à fréquenter des espèces primitives comme les humains.

Ça m'a étonné car c'était très proche de la vérité. Sur le coup, je n'ai pas su quoi répondre.

Marco a souri froidement et il a hoché la tête.

– Alors c'est bien ça ? Ce n'est pas vraiment le moment pour adopter cette attitude, non ? Après tout, les Yirks n'hésitent pas à nous fréquenter, eux.

Je n'avais pas de réponse. Mais quand j'ai regardé autour de moi dans la rue, quand j'ai vu tous les humains dans leurs voitures et tous les humains qui tenaient en équilibre sur leurs deux pattes, j'ai mesuré à quel point je serais sans défense et vulnérable sans prince Jake, Marco et les autres.

Nous étions arrivés à l'arrêt du bus. Brusquement, Marco a tapé sur son pantalon.

– Oh, zut, j'ai laissé l'argent à la maison. On s'est tous cotisés pour ton budget livres, mais j'ai oublié l'argent sur mon bureau. Viens.

– Où est-ce qu'on va ? Ouesque ? Ouesque. C'est très satisfaisant comme son.

– Ouais, tout le monde apprécie un bon petit ouesque. Il faut qu'on fasse un saut chez moi. Ne t'inquiète pas, c'est tout près d'ici.

Marco m'a fait descendre la rue. Il y avait des maisons des deux côtés. De grandes structures carrées, comme des boîtes, avec des rectangles transparents ici et là.

– Voilà la maison de prince Jake, ai-je dit.

J'avais passé du temps dans la maison de Prince Jake.

– Non, c'est juste le même type de maison. Ici, c'est un lotissement. Il n'y a que cinq modèles de maison différents, environ. Elles sont toutes pareilles. Bienvenue en banlieue. Mais c'est mieux que là où j'habitais avant.

Il avait raison. Il n'y avait que cinq types de maison. Bien que certaines aient plus d'herbe que d'autres. Et

aussi, certaines maisons étaient décorées avec des objets disposés sur l'herbe.

– Quelle est cette décoration ? ai-je demandé.

Marco a suivi mon regard, puis il a levé les yeux au ciel.

– C'est une roue de charrette repeinte.

– C'est très joli. Très coloré.

– Oui, oui. J'adorerais t'expliquer comment ça marche, mais c'est le sommet de la technologie humaine, donc ça doit rester secret. Des races primitives pourraient s'emparer des roues de charrette, et qui sait ce qui se passerait alors ?

Je suis encore en train d'apprendre les tonalités des humains. Mais je suis tout à fait sûr que le ton de Marco était le sarcasme.

– Voici ma maison. Mon père est là, il travaille. Il s'est foulé la cheville, alors il travaille à la maison, sur son ordinateur perso. Ne fais pas le bizarre, d'accord ?

– Non, je ne ferai pas le bizarre. Zar. Zar. Je me comporterai en humain normal.

– Comporte-toi en humain normal et on te donnera un Oscar.

Marco s'est dirigé vers sa maison et a ouvert la porte.

– Bon, écoute, m'a-t-il dit, attends-moi là, à côté de cette table. Ne va nulle part. Si mon père entre et qu'il te parle, réponds seulement par oui ou par non. T'as pigé ? Oui ou non, et c'est tout. Je monte vite dans ma chambre. Je vais appeler les autres pour que quelqu'un me rejoigne à la librairie. Tu me rends déjà dingue.

Je me suis approché de la table. Un ordinateur rudimentaire était posé dessus. Il avait même un écran à deux dimensions. Et un clavier ! Un vrai clavier.

J'ai touché le clavier. Stupéfiant. Les ordinateurs andalites en avaient eu, eux aussi, autrefois. Mais ils étaient très différents. Et ça faisait des siècles qu'on ne s'en servait plus.

Un jeu s'afficha sur l'écran de l'ordinateur. Le but était de repérer les erreurs d'un langage symbolique primitif, et de les corriger. Bien sûr, avant de pouvoir jouer, je devais comprendre le langage. Mais il était assez simple.

Une fois compris, je n'ai pas eu beaucoup de mal à repérer les erreurs. J'ai rapidement réécrit le texte pour le rendre cohérent.

< J'ai gagné >, me suis-je dit.

– Bonjour…

Je me suis retourné. C'était un humain plus âgé. Il était plus pâle que Marco, mais ses traits étaient les mêmes.

Marco m'avait bien dit de ne répondre à son père que par oui ou par non.

– Non, ai-je dit au père de Marco.

– Je suis le papa de Marco. Tu es un de ses copains ?

– Oui.

– Comment tu t'appelles ?

– Non.

– Tu t'appelles « Non » ?

– Oui.

– C'est rare, comme prénom, non ?

– Non.

– Non, ce n'est pas rare ?

– Oui.

– Oui, ce n'est pas rare comme prénom ?

– Non.

– Bon, j'ai du mal à te suivre.

Le père de Marco m'a dévisagé. Puis il a crié, d'une voix très forte :

– Hé, Marco ? Marco ? Tu peux... euh... Ton copain est là. Ton copain « Non » est là.

– Non, ai-je dit.

– Oui, c'est ce que j'ai dit.

Marco est descendu en courant.

– Waouh ! s'est-il écrié. Euh, p'pa, t'as fait la connaissance de mon copain ?

– Non ? a fait le père de Marco.

– Quoi ? a demandé Marco.

Son père a secoué la tête.

– Je dois vieillir. Je ne vous comprends plus, vous les jeunes.

– Oui, ai-je ajouté.

Là-dessus, nous sommes partis à la librairie.

CHAPITRE 9

Les livres sont une invention humaine stupéfiante. Ils permettent d'accéder directement à des informations rien qu'en tournant des bouts de papier. Ils sont bien plus rapides à consulter que les ordinateurs. Étonnamment, les humains ont inventé les livres avant les ordinateurs. Ils font beaucoup de choses à l'envers.

– Journal terrestre d'Aximili-Esgarrouth-Isthil.

C'était le lendemain soir. J'étais dans la forêt. Je lisais un livre. Le livre s'appelait le *Quid*. Saviez-vous que douze pour cent des foyers américains possèdent un déshumidificateur ? Saviez-vous qu'un mouton peut vivre vingt ans ? Saviez-vous que les humains croyaient autrefois que le Soleil tournait autour de la Terre ?

C'est un livre merveilleux.

J'y ai appris beaucoup de choses utiles. Il n'a fallu que soixante-quatre ans aux humains entre le moment où ils ont inventé leur première machine volante et le moment où ils se sont posés sur leur lune. Cela a pris trois fois plus de temps aux Andalites.

Les humains sont des créatures très futées. Un jour, s'ils survivent, ils pourraient compter parmi les grandes races de la galaxie.

Bien sûr, les Andalites seront toujours plus grands.

J'étais debout près du ruisseau, un sabot dans l'eau, en train de boire, quand mes tentacules oculaires ont repéré une ombre rapide tombant du ciel.

Tobias a ouvert les ailes et m'est passé au ras de la tête.

< Ax ! Tout le monde te cherche. Ne bouge pas. Il faut que j'aille les chercher. >

Il n'avait presque pas ralenti, aussi a-t-il rapidement disparu au-dessus des arbres. Un instant plus tard, il était de retour, suivi de quatre autres grands oiseaux de proie.

Tobias s'est perché sur une branche. Les autres se sont posés au sol. J'ai alors compris que c'étaient les Animorphs.

Ils se sont vite mis à démorphoser. Prince Jake

avait choisi une animorphe de faucon. Rachel était un énorme aigle à tête blanche. Cassie et Marco avaient tous les deux des animorphes d'aigles pêcheurs, qu'ils quittaient rapidement.

J'ai ressenti de l'inquiétude. De toute évidence, cela faisait un moment qu'ils me cherchaient et ils étaient pressés.

< Qu'est-ce qui se passe ? >

< Qu'est-ce qui se passe ? a répété Marco. Tu me demandes ce qui se passe ? Je vais te dire… >

Mais à ce moment-là, il achevait de démorphoser, il était à la limite entre la parole mentale et le langage humain. Sa bouche n'était encore qu'un bec, de sorte qu'il n'a émis qu'un petit cri.

J'ai regardé Cassie se transformer. Cassie est une estreen-née : une personne capable de faire de l'animorphe une chose presque artistique. Sur ma planète, c'est une forme d'art. Il y a des estreens professionnels qui opèrent des changements de forme fabuleux.

Cassie n'était pas une professionnelle, mais elle en avait le talent. En morphosant, elle composait des formes harmonieuses. Pendant un moment, elle a gardé une tête d'aigle de la taille d'une tête humaine, avec de grandes ailes dans son dos humain.

Quand ils morphosent, les autres sont beaucoup moins élégants. Chez eux, les parties humaines apparaissent tandis que les plumes fondent, et c'est tout. C'est très inesthétique. Les humains trouvent cela effrayant, et même dégoûtant, je crois. Et ils reconnaissent que Cassie a du talent pour l'animorphe.

– Qu'est-ce que tu as fabriqué ?

La bouche humaine de Marco avait réapparu.

< Je ne comprends pas ce que tu veux dire. >

– L'ordinateur de mon père. Tu lui as fait quelque chose, non ?

< Je… J'ai juste joué au jeu. >

– Le jeu ? Le jeu ? Ce n'était pas un jeu, c'était le travail de mon père !

< Non, c'était un jeu. Il fallait trouver les erreurs dans les instructions. >

Soudain, une idée m'est venue à l'esprit.

< Ah, je comprends. Ton père conçoit des jeux pour enfants. >

Cassie a commencé à rire, puis elle s'est retenue.

– Non, Ax, il conçoit des logiciels pour la technologie de pointe. Il travaillait avec des astronomes de l'observatoire. Ils mettaient au point un logiciel destiné au radiotélescope du nouvel observatoire.

J'ai hoché la tête, comme j'avais vu les humains le faire.

< Oui, ça pourrait servir à ça. Mais il y avait tellement d'erreurs évidentes... J'ai cru que c'était un jeu pour enfants. >

– Si tu prononces encore une fois le mot jeu, je te jure que je te fiche mon poing dans la figure, s'est énervé Marco.

Prince Jake lui a mis la main sur l'épaule.

– Ce que Marco veut dire, Ax, c'est que ce n'était pas un jeu. Son père n'en revient pas.

– Mon père dit que tu as peut-être créé toute une nouvelle génération de logiciels, et en même temps ouvert la voie à de nouvelles façons de pratiquer l'astronomie. Il l'a montré aux types de l'observatoire, et ils ont été abasourdis. On ne les arrête plus, ils parlent même de prix Nobel ! J'ai dû convaincre mon père que c'était juste un coup de hasard. Je lui ai dit que tu étais un imbécile et que tu n'étais pas le nouvel Einstein.

< Einstein. Oui. Ils en parlaient dans le *Quid*. C'est le premier humain à avoir compris que la matière et l'énergie... >

Rachel a explosé :

– Ax ! Tu ne comprends pas, ou quoi ? Et si un Contrôleur entend parler de ce nouveau logiciel ? Tu ne crois pas qu'ils pourraient deviner que c'est un Andalite qui l'a conçu ?

D'un coup, j'ai réalisé ce qu'elle voulait dire. Elle avait raison. Si ces équations n'étaient pas un jeu, mais des vraies... Alors je venais de faire avancer la science humaine d'un siècle. Voire plus.

– Je crois qu'il a pigé, a ajouté Marco d'un ton sarcastique.

< Qu'est-ce qu'un radiotélescope ? > ai-je demandé à Marco.

Il a haussé les épaules.

– Est-ce que je sais, moi ? C'est pas marqué « prof de physique » !

– Un radiotélescope est un télescope qui voit en captant des ondes radio et d'autres radiations dans l'espace, a expliqué Cassie.

Marco l'a regardée, étonné.

– Tout le monde ne dort pas en cours de physique, a rigolé Cassie.

< Je vois. Une lunette rudimentaire. Oui, je comprends. Évidemment, avec les changements que j'ai faits... >

– Quoi ? m’a brusquement interrompu Marco. Quels changements ?

< Les changements que j’ai faits ne peuvent que... >

Soudain, je me suis tu. La vérité... La vérité tout entière commençait à m’apparaître. Un radiotélescope ? Un immense et puissant récepteur d’énergie à large spectre ?

Mon esprit repassait à toute vitesse de vieux souvenirs d’école. Je revoyais presque mon professeur en train de nous expliquer... Oui. Oui ! Avec les bons réglages, avec le bon logiciel... Oui, je pourrais renvoyer l’énergie reçue, la concentrer, la moduler avec mon propre esprit, et...

Et percer l’Espace-Z. L’Espace-Zéro.

Je pourrais me servir du système informatique pour envoyer des messages dans l’Espace-Zéro !

Je pourrais communiquer avec mon propre monde !

Cela m’a fait l’effet d’une claque qui m’a laissé sans forces. C’était vrai. Je pouvais me servir de ce radiotélescope pour contacter ma planète. Pour appeler les miens. Ma famille.

Je crois que je n’avais jamais voulu admettre

jusqu'alors, jusqu'à cet instant-là, à quel point j'avais envie de voir un autre Andalite.

– Ax, qu'est-ce que tu es en train de nous cacher ? s'est inquiétée Rachel.

J'ai essayé de me concentrer sur sa question. Mais les pensées se bousculaient dans ma tête, et ça m'affaiblissait. Je pouvais entrer en contact avec ma planète. C'était possible.

En même temps, cependant, j'avais une autre obligation : je devais détruire cette technologie. J'avais enfreint la loi de la Bonté de Sierow. J'avais donné aux humains une énorme avance technologique !

– Ax, Rachel t'a posé une question, m'a dit sèchement prince Jake. Qu'est-ce qu'il y a ? Qu'est-ce que tu as ?

Mon devoir m'apparaissait clairement. Je ne pouvais pas avouer à mes amis humains ce que j'avais fait. Il fallait que je répare les dégâts.

Mais avant de le faire… serait-ce mal, si je contactais ma famille ? Serait-ce si mal de leur reparler une fois ?

< Je ne vous cache rien, ai-je menti. Rien du tout.>

CHAPITRE 10

Ils sont partis, et j'ai mangé. Dans la mesure du possible, je me nourris à la nuit tombée. Ce n'est pas ce que je ferais sur ma planète, mais ici je dois toujours faire attention à ce que personne ne me voie.

Pour que je puisse courir dans les champs, il faut qu'il fasse sombre ou que Tobias fasse le guet dans le ciel.

Mes amis me disent que de loin je ressemble à un animal terrestre normal. A un daim, ou à un petit cheval. Mais que n'importe quel humain, en me voyant distinctement, saurait immédiatement que je n'appartiens à aucune espèce de la Terre.

Je mange donc la nuit, en galopant à travers les prairies, là où les champs de Cassie rejoignent la lisière de la forêt. Je cours sous une lune unique, si différente des lunes de ma propre planète. La lune de la

Terre se lève et se couche. Certaines nuits, on ne peut pas la voir du tout. Dans notre ciel à nous, il y a toujours au moins deux lunes. Et quand les quatre lunes sont présentes dans le ciel nocturne, il fait presque aussi clair qu'en plein jour.

Chez moi. A des milliards de kilomètres d'ici. Quelquefois, ça me faisait mal de penser à ma planète. Un guerrier doit surmonter cela. Mais certaines nuits où je me trouvais tout seul dans la forêt, où je courais tout seul dans les champs, je ne pouvais pas m'empêcher de penser à la maison.

Et maintenant c'était pire. Bien pire, de penser que je pouvais leur parler si je le voulais.

Je pouvais transformer le radiotélescope des humains en communicateur Zéro-spatial. Mais si je le faisais, j'enfreignais notre loi. Je donnais aux humains une technologie avancée.

Je n'avais pas le droit de le faire. Je n'étais pas Elfangor. Je ne pouvais pas décider comme ça d'enfreindre la loi de la Bonté de Sierow.

Et pourtant, dans un coin de ma tête, une autre idée germait. J'avais déjà communiqué le logiciel aux humains, mais c'était un accident ; je n'avais donc pas enfreint les règles. Et si j'allais à l'observatoire pour

détruire le logiciel… j'accomplirais mon devoir. Mais avant de l'effacer, je pourrais m'en servir pour appeler chez moi. Est-ce que ce serait mal, ça ?

Je me suis revu avec mon père et ma mère. Elfangor était là aussi, dans mon souvenir. Présent et vivant.

Je me souviens d'un jour, lorsque j'étais tout petit, où Elfangor, qui était déjà un grand guerrier, était rentré en permission. Je le connaissais à peine. Je l'avais vu sur des écrans de communication, mais je ne l'avais encore jamais rencontré en personne. Il n'était pas à la maison à ma naissance : il était parti combattre les Yirks.

Alors nous sommes allés courir ensemble. Rien que nous deux. Moi, tout pataud. Elfangor, rapide et puissant, semblable à une créature sortie d'un mythe andalite.

Ça m'avait fait un choc. Jusqu'alors, je crois que je me prenais pour la personne la plus importante de ma famille. Mais il est difficile de se sentir très important quand Elfangor est là.

Il ne m'a pas dit grand-chose. Il ne m'a pas fait de discours de grand frère. Il est juste resté lui-même. Il m'a parlé de la même façon qu'il parlait à mes parents. Il ne m'a jamais traité en jeune Andalite et, ça, c'était formidable. Après sa visite, je n'ai plus eu l'ombre d'un doute sur ce que je voulais faire plus tard : je voulais être guerrier. Je voulais être comme Elfangor.

Et maintenant, il n'était plus. Mes parents ne le savaient peut-être même pas. Et ils ignoraient que j'étais encore en vie, ça, c'était certain.

J'ai freiné ma course. J'étais arrivé au beau milieu des champs. Je distinguais les lumières de la ferme de Cassie. Quelle imprudence ! J'étais tellement plongé dans mes pensées que je n'avais plus fait attention.

J'ai fait demi-tour pour repartir vers la forêt.

< Reste donc un peu, maintenant que tu es là >, a dit une voix.

< Cassie ? >

Elle a surgi de la pénombre. Comment ne l'avais-je pas vue ? Je l'ai regardée plus attentivement. Elle s'est mise à changer. Elle avait son visage humain, mais avec une crinière de cheval gris blanc, qui flottait dans la nuit. Et ses jambes se terminaient par des sabots, non par des pieds.

< Tu as morphosé en cheval.>

Dès qu'elle est redevenue entièrement humaine, elle m'a répondu.

– Je le fais de temps en temps. J'aime galoper. Mais

ne le dis pas à Jake. Il serait furieux d'apprendre que je me sers de l'animorphe pour des raisons personnelles.

< Je ne pense pas qu'il se mettrait en colère. Je ne suis pas expert en humains, mais je crois que prince Jake a une affection particulière pour toi. >

Cassie a ri doucement.

– J'en doute. Je suis juste une copine. Et je fais partie des Animorphs.

< Alors pourquoi, quelquefois, vous vous tenez par la main en croisant vos doigts ? >

– Ben, euh… tu n'étais pas censé voir ça.

< Pourquoi pas ? >

– Écoute, c'est un peu long comme histoire. Laisse tomber, d'accord ? Comment va ton étude de l'espèce humaine ?

< J'ai lu le *Quid*. >

– Alors ? Qu'est-ce que tu en dis ?

< Je trouve les humains intéressants. >

– Hum hum. Qu'est-ce que tu penses vraiment ?

J'ai hésité. Elle semblait souhaiter une réponse plus complète. Mais on ne sait jamais, avec les humains. Parfois, ils se vexent pour des riens.

< Je crois que les Yirks ont une autre raison de vouloir réduire votre espèce en esclavage. >

– En plus de pouvoir disposer de plein d'hôtes humains ? Laquelle ?

< Ils ont peur de vous. >

Elle a ri.

– Peur de nous ? Pourquoi ? Est-ce que tu n'as lu que les chapitres sur les guerres ? Les humains ne font pas seulement la guerre. Ça donne peut-être cette impression, mais…

< Toutes les espèces font la guerre. Par le passé, certains Andalites faisaient la guerre à d'autres Andalites. Et les Hork-Bajirs avaient une horloge biologique qui les faisait tous partir en guerre tous les soixante-deux ans. Quant aux Taxxons… ce sont des cannibales. >

– Ouais, bon… Les humains ne sont pas toujours parfaits.

< Chaque espèce a quelque chose à se reprocher. Chaque espèce porte le poids d'une faute terrible. >

Elle m'a regardé attentivement. Je sentais qu'elle se demandait si je voulais aussi parler des Andalites. Mais elle a décidé de ne pas me poser cette question. A la place, elle m'a demandé :

– Alors qu'est-ce qui t'inquiète, si ce n'est pas les guerres ?

< Vous avez découvert la radioactivité en 1896. En 1945, vous avez fait exploser une bombe atomique. Quarante-neuf ans plus tard. En 1903, vous avez effectué votre premier vol. Soixante-six ans plus tard, vous vous êtes posés sur votre lune. >

– Tu as vraiment lu le *Quid*, hein ? a fait Cassie en souriant. Tu veux dire que nous sommes rapides ?

< Je veux dire que les Yirks savent que s'ils ne vous détruisent pas maintenant, dans cinquante ans, vous serez capables de voyager plus vite que la lumière. Et d'ici cent ans… qui sait quoi ? >

– Il vous a fallu combien de temps, à vous, pour faire ces choses-là ?

< Je… je ne me souviens plus >, ai-je menti.

– Je vois.

Le ton de sa voix était, je crois, ce qu'on appelle déçu.

< Je… >

J'ai baissé la tête.

< Je suis tenu par mon serment de guerrier andalite. Nous ne devons jamais communiquer de technologie andalite à d'autres espèces, quelles qu'elles soient, et nous essayons… tu sais… de ne pas parler de nous aux autres espèces. >

Même à moi, ça paraissait ridicule.

– Même si ça peut nous aider à battre les Yirks ? Mais n'est-ce pas ce que ton frère a fait, quand il nous a donné le pouvoir de morphoser ?

Je ne savais pas quoi répondre. C'était vrai, bien sûr. Elfangor avait enfreint nos lois.

– J'ai dit quelque chose de mal ? a repris Cassie.

< Je ne suis pas Elfangor, ai-je fini par répondre. Je suis plutôt comme vous. Un jeune, c'est tout. Elfangor était un grand prince. Mon peuple pourrait comprendre et pardonner ce qu'il a fait, parce que c'était quelqu'un d'important. >

– Je vois, a soupiré Cassie. Tu sais quoi ? Si tu morphosais en humain et que tu venais à la maison ? Tu rencontrerais mon père et ma mère. On va juste se mettre à table.

< J'ai déjà mangé. >

Cassie a levé le sourcil.

– Tu as mangé, hein ?

Elle a eu l'air de vouloir me poser une question, puis elle a changé d'avis.

– D'accord, mais tu pourrais venir quand même. Tu n'es pas obligé de manger beaucoup, tu restes juste un peu avec nous. Allez viens, ça te fera du bien.

< Ça me fera du bien ? Est-ce que j'ai l'air malade ? >

– Non, tu as l'air seul, c'est tout. Très seul.

Le mot m'a transpercé. Étonnant comme ça faisait mal.

Oh oui, je me sentais seul. Mais je ne pensais pas que les humains le savaient.

< Comment expliquerais-tu à ta famille qui je suis ? >

Cassie a haussé les épaules.

– Tu as déjà morphosé en Jake, non ? Alors, fais Jake.

CHAPITRE 11

Les humains ont des goûts très étranges. Ils trouvent leur musique belle. Ils se trompent. Elle est affreuse. Sans exception. En revanche, ils ignorent complètement leurs plus grands trésors : les pains aux raisins, le chocolat, le piment et ce breuvage si désaltérant qu'ils appellent vinaigre.

– Journal terrestre d'Aximili-Esgarrouth-Isthil.

Le corps de prince Jake ne diffère pas tellement de mon animorphe humaine habituelle. Il est juste un peu plus grand. Comme cette animorphe est basée sur son ADN, j'étais la copie conforme de prince Jake. Cassie a insisté pour que j'emprunte un vêtement nommé salopette et une paire de bottes qui étaient dans sa grange avant d'entrer dans sa maison.

Les humains accordent beaucoup d'importance à l'habillement. Je n'ai toujours pas compris pourquoi.

– Salut, Jake. Cassie t'a encore persuadé de l'aider à nettoyer la grange ? m'a demandé le père de Cassie quand je suis entré dans la maison.

C'était un mâle, comme tous les pères humains.

Il avait les cheveux brun foncé, mais on aurait dit qu'il les avait retirés sur une grande partie de sa tête. Il portait des verres transparents et ronds devant son visage, servant, m'a-t-on dit, à corriger les défauts de la vision. Il avait le teint plus foncé que Cassie. Il avait le nombre habituel de bras et de jambes.

– Non, ai-je répondu. Elle m'a demandé de venir manger votre nourriture. Ritureuh.

– Il faut bien que quelqu'un la mange ! Autant que ce soit toi qui souffres. C'est moi qui ai fait la cuisine, ce soir. J'ai fait mon fameux chili.

Les yeux de Cassie se sont soudainement agrandis. Elle a eu l'air effrayée.

– Du chili ? Euh… Jake m'a prévenue qu'il n'avait pas très faim. Il a déjà dîné.

– Le chili est-il une nourriture si terrible ? ai-je demandé à Cassie.

Son père a souri.

– Le mien, oui.

– Est-ce Jake que j'entends ? a fait une voix dans la pièce d'à côté.

Une femelle est entrée, et j'ai supposé que c'était la mère de Cassie. Elle avait les cheveux noirs, mais elle en avait beaucoup plus que le père de Cassie. Ils n'avaient pas été retirés de sa tête.

Elle a tendu les deux bras dans ma direction et s'est avancée vers moi.

– Tu es plus beau chaque fois que je te vois, Jake, s'est-elle exclamée.

Elle m'a enveloppé de ses deux bras et m'a serré un bref instant, puis elle m'a lâché.

– Tu restes goûter au chili de l'enfer ? m'a-t-elle demandé.

– Oui, c'est moi qui lui ai proposé, a expliqué Cassie. Mais il n'a pas très faim. En fait, il vient de manger. Il ne prendra sans doute pas de chili.

La mère de Cassie a souri à son mari.

– Tu as vu comme elle essaie de le protéger ?

– Trop tard, a rigolé le père de Cassie. Il est piégé, maintenant. Il ne pourra pas y échapper.

Pour manger, nous devons nous asseoir devant une table. Je l'avais déjà fait lorsque je remplaçais prince

Jake chez lui. Je savais donc comment faire. Je savais ce qu'était une fourchette. Et aussi ce qu'étaient une cuillère et un couteau.

J'ai découvert que le chili est marron et rouge. Il contient plusieurs ingrédients et sent très fort. Il y avait aussi quelque chose qu'ils appelaient pain de maïs au piment. Et un bol plein de morceaux de différents fruits.

Après toutes ces réflexions, j'étais plutôt inquiet à l'idée de goûter le chili. Mais je sentais que le père de Cassie serait vexé si je n'en prenais pas un peu. Alors j'en a mangé une cuillerée.

Le chili était chaud, au niveau de la température. Mais il brûlait aussi d'une autre façon, totalement nouvelle.

J'ai eu l'impression que les papilles de ma langue humaine explosaient ! Elles se sont mises à brûler avec une intensité de goût que je n'avais encore jamais connue. Tous les nerfs de mon corps me chatouillaient. De l'eau suintait des petits canaux au coin de mes yeux.

Ce n'était pas aussi merveilleux que le chocolat. Mais quelle intensité ! Quelle incroyable intensité !

Oh, un Andalite ne pourrait jamais comprendre.

C'était là l'essence de l'humanité. Le goût ! Dans toute sa gloire, dans toute sa splendeur.

– Ceci est une nourriture merveilleuse ! me suis-je exclamé.

– Pardon ? s'est étonnée la mère de Cassie.

– Ha ! ha ! Enfin ! Enfin quelqu'un qui comprend le plaisir de la cuisine piquante ! s'est écrié le père de Cassie.

Je me suis rendu compte que j'avais mangé un bol entier de ce merveilleux chili. J'en voulais encore. Quel goût ! Quelle sensation ! J'en voulais encore !

– Il en reste plein, a dit le père de Cassie en me resservant.

– Euh, Jake ? remarqua Cassie. Tu n'es vraiment pas obligé de manger tout ça.

– Je vais finir ton bol ! me suis-je écrié pour toute réponse.

J'avais les yeux qui me sortaient du visage, la peau qui me picotait, le ventre qui faisait des bruits. Mais quand même, j'en voulais plus.

– J'adore ce môme, rigola le père de Cassie. Je me demande si ses parents nous laisseraient l'adopter. Jake, tu es un jeune homme très intelligent et plein de discernement.

– Il est fou, a soupiré la mère de Cassie. Il n'y a pas d'autre explication.

Soudain, j'ai senti une vive douleur à la jambe. J'ai soupçonné Cassie de m'avoir donné un coup de pied sous la table. Je l'ai regardée. Elle m'a souri gentiment, puis elle m'a donné un autre coup de pied.

– Je crois que tu as assez mangé, a-t-elle dit en me regardant fixement.

– Oui, ça suffit, ai-je approuvé en repoussant mon bol. Chili. Li. Tchi-li.

– J'ai mis du piment de La Havane, a expliqué le père de Cassie. La substance la plus brûlante que connaisse l'homme.

– Pas aussi brûlante que la température créée par la fusion nucléaire, ai-je observé.

– Comment ça va, l'école, Jake ? m'a alors demandé la mère de Cassie.

Je savais quelle était cette activité. Ça s'appelait faire la conversation. Les règles voulaient que chaque personne pose une question à l'autre personne.

– Bien. Et comment va votre travail avec les animaux ?

– Toujours pareil, toujours pareil. Mais nous allons avoir de nouveaux bébés chameaux.

La mère de Cassie est vétérinaire au zoo, qui est un endroit où on garde des animaux non humains.

– Alors Jake, est-ce que tu crois que les Bulls vont arriver en finale, cette année ?

J'ai vu que Cassie se crispait. Elle avait peur que je ne comprenne pas la question. Mais grâce à mes lectures, je savais qu'il s'agissait d'une équipe de basket.

– Oui, ai-je répondu, ils peuvent y arriver.

C'était mon tour, maintenant, de poser une question. C'est comme ça que ça marche, pour faire la conversation.

– Au fait, est-ce que vous saviez que l'écrémeuse a été inventée en 1878 ?

Apparemment, ils ne le savaient pas. Cassie, sa mère et son père m'ont tous les trois dévisagé d'un air étonné.

Après ça, nous avons un peu regardé la télévision. C'était un film qui décrivait la vie d'une famille. Je l'ai regardé, et j'ai observé Cassie et ses parents.

Il est bon de savoir ce qu'est une famille humaine. J'avais vu celle de prince Jake. Maintenant, je découvrais celle de Cassie. Elles présentaient certaines différences. Par exemple, chez prince Jake, ils accomplissent un bref rituel religieux avant de manger. Pas

dans la famille de Cassie. Et chez prince Jake, le père s'endort en regardant la télévision. Chez Cassie, c'était sa mère qui commençait à s'assoupir.

– Il faut que j'y aille, ai-je soudain annoncé à Cassie. Ça va bientôt faire deux de vos heures.

La mère de Cassie a rouvert les yeux juste le temps de me dire que j'étais fou, mais quand même « toujours aussi mignon ».

Son père m'a lancé un clin d'œil en me faisant un signe de la main quand je suis parti. Puis il a éclaté de rire à cause de quelque chose à la télévision.

Une fois dehors, dans l'air frais du soir, Cassie a poussé un gros soupir.

– Eh ben, on s'en est tirés sans trop de dégâts. Viens, je vais te raccompagner un peu, jusqu'à ce que tu puisses démorphoser sans te faire voir. A propos, voilà un livre pour toi, puisque tu as fini le *Quid*. C'est un livre de citations. Des trucs que des personnes célèbres ont dits.

Elle m'a tendu le livre pour que je le prenne.

– Merci.

Ça me faisait bizarre de m'enfoncer dans l'obscurité en m'éloignant de la maison de Cassie. Bizarre. Comme s'il faisait froid, alors que ce n'était pas le cas.

– Alors, comment tu trouves mes parents ? m'a-t-elle demandé.

– Ils me plaisent. Mais pourquoi ton père s'est-il retiré les cheveux de la tête ? Je voulais lui poser la question, mais j'ai oublié.

– Il devient chauve. Il vaut sans doute mieux ne pas lui en parler. C'est normal chez les humains, mais certaines personnes n'aiment pas qu'on leur fasse remarquer.

– Ah, oui. Mon père a les sabots qui ternissent. C'est normal aussi, mais il n'aime pas en parler non plus.

– Il est comment, ton père ? Et ta mère ?

– Ils sont... ce sont juste des parents normaux. Ils sont très gentils. Ils sont...

– Continue.

– Ma gorge me fait bizarre. Comme si elle se bouchait. J'ai du mal à parler. Est-ce normal ?

Cassie a mis son bras sous le mien.

– Ils te manquent. C'est normal.

– Un guerrier andalite peut passer de nombreuses années dans l'espace, loin de sa maison et de sa famille. Il doit pouvoir supporter ça.

– Ax, c'est toi-même qui l'as dit. Tu es peut-être un guerrier andalite, mais tu es encore très jeune.

Je me suis arrêté de marcher. J'étais loin de la lumière de la maison. Je pouvais reprendre ma forme d'andalite sans risquer d'être vu. Je me suis rendu compte que j'étais en train de regarder les étoiles.

– Où sont-ils ? m'a demandé Cassie, en suivant la direction de mon regard. Si tu es autorisé à me le dire.

J'ai pointé un de mes doigts humains vers un coin du ciel où scintillait ma planète.

– Là.

Je ne l'ai pas quittée du regard pendant que j'abandonnais ma forme humaine pour retrouver mon corps d'Andalite.

– Ax, tu sais que Jake, Tobias et moi, et même Rachel et Marco, nous tenons tous à toi, n'est-ce pas ? Tu n'es pas juste un quelconque extraterrestre, pour nous.

< Merci pour le chili, ai-je répondu. C'était merveilleux. >

Redevenu andalite, je me suis élancé vers la forêt.

CHAPITRE 12

J'ai passé une grande partie de la nuit à lire le livre de citations. J'aurais dû me reposer, mais j'étais troublé.

De plus en plus, je songeais à la facilité avec laquelle je pourrais transformer le radiotélescope de l'observatoire en transmetteur Zéro-spatial. L'idée de contacter mes parents m'emplissait de tristesse et de nostalgie.

< Ils pourraient me dire quoi faire, pensais-je. Ils pourraient me conseiller. >

Et dans un autre coin de ma tête, je me disais :

< N'est-ce pas qu'ils seraient fiers de savoir que je continue le combat contre les Yirks ? Ils me considéreront comme un autre Elfangor. Un héros. >

Je ne suis pas fier d'avoir eu ces pensées. Mais je dois dire la vérité. Et la vérité, c'est que je voulais que

tout le monde croie que je faisais preuve d'un grand courage, tout seul sur la planète Terre.

Déjà, un plan me venait à l'esprit.

J'ai trouvé un endroit tranquille et je me suis préparé à dormir. J'ai fermé mes yeux principaux, ne gardant que mes tentacules oculaires dressés pour faire le guet. J'ai laissé ma queue reposer par terre.

Seul.

Oui, je me sentais seul, à dormir dans la forêt, sur une planète lointaine. Je me sentais seul, d'être l'unique créature de mon espèce sur la terre.

Je me sentais seul quand je pensais que Cassie dormait dans sa maison, Marco dans la sienne, et pareil pour Jake et Rachel. Ils avaient tous leur maison.

Tous sauf moi. Et Tobias.

Tobias. Lui pouvait comprendre. Mais voudrait-il m'aider ? Si je faisais ce que j'avais en tête, m'aiderait-il ? Et pouvais-je lui faire confiance ?

J'ai relevé la queue et ouvert les yeux principaux. Je connaissais l'endroit où Tobias dormait. Je l'ai trouvé sans difficulté. Il était perché dans un arbre, les serres refermées sur une branche.

< Tobias ? >

< Eh ? Quoi ? Ax ? Qu'est-ce qu'il y a ? >

< Il n'y a rien mais... Je veux te poser une question. >

< J'espère que c'est une bonne question, parce que je dormais. >

< Tobias, es-tu mon ami ? >

< C'est pour me demander ça que tu me réveilles ? >

Il a déployé les ailes, comme pour s'étirer.

< Ax, toi et moi, nous sommes les deux créatures les plus bizarres de cette planète : un extraterrestre aux allures de centaure à quatre yeux, moitié scorpion, moitié daim, et un oiseau qui a un esprit d'être humain. Nous nous sommes battus côte à côte. Nous avons failli nous faire tuer plusieurs fois. Bien sûr que je suis ton ami. >

J'ai été surpris par la vitesse à laquelle il me répondait. Comme s'il n'avait jamais eu le moindre doute à ce sujet.

< C'est bien, ai-je dit. Est-ce que tu pourrais garder un secret ? Sans le dire à personne, même à prince Jake ? Même à Rachel ? >

Tobias s'est tu quelques instants, puis il m'a demandé :

< Est-ce quelque chose qui ferait du mal à mes amis ? >

< Non. >

< Alors je garderai le secret. Je le jure. >

< Sur quoi le jures-tu, Tobias ? J'ai besoin d'être sûr. Quelle est la promesse que tu ne violerais jamais ? >

< Ax, tu sais que j'étais là quand ton frère a été tué. >

< Oui. Je le sais. Tu as été le dernier à le quitter. >

< Ouais. Je ne sais pas pourquoi. Il y avait quelque chose en lui... je ne sais pas comment l'expliquer, mais je me sentais attiré par lui. Je voulais l'écouter. Je voulais entendre tout ce qu'il disait. C'était comme... un peu comme un aimant. Comme si je ne pouvais pas m'en détacher. Jusqu'au moment où il m'a ordonné de partir. Je ne sais pas comment t'expliquer. >

< Tu n'as pas besoin de m'expliquer >, lui ai-je répondu doucement, songeant que même ici, parmi ces créatures d'un autre monde, Elfangor était un héros.

< Tu m'as demandé sur quoi je jurerais. Je jure sur lui. Sur le prince Elfangor. >

Alors, j'ai dévoilé mon plan à Tobias.

CHAPITRE
13

« E.T. téléphone maison. » Quand j'ai trouvé cette phrase dans le livre de citations humaines de Cassie, ça m'a beaucoup surpris. On aurait dit qu'elle avait été écrite exprès pour moi. Je me suis dit que mes amis humains avaient peut-être découvert mon plan, j'ignore comment, et qu'ils l'avaient inscrit dans le livre.

– Journal terrestre d'Aximili-Esgarrouth-Isthil.

Le soleil se levait tout juste sur la planète Terre.

J'ai accompli le rituel matinal, comme je le fais tous les jours. Mais j'étais particulièrement impatient ce matin-là. Je savais que Tobias était parti chasser pour trouver son repas et qu'il reviendrait dès qu'il aurait fini de manger quelque souris ou musaraigne malchanceuse.

< La liberté est ma seule cause. Le devoir envers mon peuple, mon seul guide. L'obéissance à mon prince, ma seule gloire. >

Quand Tobias reviendrait de la chasse, nous partirions. Il me conduirait à l'observatoire, au grand radiotélescope. Et, si j'avais de la chance, je pourrais appeler chez moi.

< Moi, Aximili-Esgarrouth-Isthil, guerrier andalite, j'offre ma vie. >

Du bout de mes tentacules oculaires, j'ai aperçu un faucon qui piquait. Tobias s'est perché sur une branche. Il a fixé son regard féroce de faucon sur moi.

< Tu es prêt ? >

< Oui. Le rituel est terminé. >

< Super. Parce que c'est un jour idéal pour voler. Il y a des courants thermiques fabuleux. Et une bonne petite brise qui vient de la terre pour décoller facilement. >

< Tobias, tu es conscient que tu n'es pas obligé de faire ça. Ça peut être dangereux. >

< Ouais, ouais. Allez, viens, Ax. On y va. >

Je vole souvent avec Tobias. L'animorphe d'oiseau dont je dispose s'appelle un busard cendré. C'est un type de faucon, à peu près de la même taille que le queue-rousse de Tobias. Les plumes de Tobias sont principalement brunes et roux clair, tandis que celles du busard cendré sont plutôt grises et blanches.

J'ai contrôlé mon excitation et mon inquiétude, et je me suis concentré pour morphoser.

L'animorphe de busard est toujours étrange. Pour commencer, il y a une grande différence de taille entre un Andalite et un oiseau, même un grand oiseau.

La première sensation a été celle d'une chute, quand je me suis mis à rétrécir rapidement.

Mes tentacules oculaires sont devenus aveugles et des ailes sont sorties de mes pattes avant, ce qui est très malcommode. Ça m'a fait tomber à plat ventre, étant donné que je ne tiens pas sur mes seules pattes arrière.

De toute façon, mes pattes arrière se transformaient en minuscules pattes d'oiseau, jaunes et squameuses, et ma queue rapetissait tout en se divisant en dizaines de longues plumes.

Les busards ont également des bouches, comme les humains. Seulement ces bouches sont inutilisables pour le langage oral, et elles ont une très faible capacité à percevoir le goût. En revanche, ce sont de merveilleuses armes naturelles. Elles sont affilées comme

des lames de rasoir et elles ont la forme d'un crochet qui tranche et déchire.

Les serres sont formidables, elles aussi. J'admire depuis longtemps l'usage que Tobias fait des siennes. Il peut piquer très vite et très bas, à moins d'un mètre du sol, et saisir une souris ou un petit lapin entre ses serres.

J'ai vu un plumage gris argent remplacer la fourrure bleu et roux de mon corps. Elle a d'abord fondu, découvrant la chair en dessous, puis celle-ci s'est couverte de milliers de plumes.

Ayant l'habitude de l'esprit du busard, j'avais appris à contrôler ses instincts, qui étaient plus forts que ceux des cerveaux humains.

< Je voulais te demander un truc, Ax, a commencé Tobias. Ne le prends pas mal, mais comment ça se fait que Cassie morphose mieux que toi ? Je veux dire, tu es un Andalite, toi. Pourtant, quand tu morphoses, c'est aussi peu élégant que quand c'est Jake ou Rachel. >

< Cassie est douée, ai-je admis un peu à contrecœur. Il se trouve que je n'ai pas de don particulier pour l'animorphe. >

< Ah bon. Tu es prêt à voler ? >

J'ai vérifié. J'ai déployé mes ailes d'une envergure totale d'un mètre. J'ai agité les plumes de ma queue. J'ai fixé le regard laser de mes yeux de faucon sur un arbre éloigné et je suis parvenu à distinguer des fourmis qui rampaient sur le tronc.

J'ai épié les bruits de la forêt en me servant de l'ouïe extraordinaire du busard. Je pouvais entendre les insectes sous les aiguilles de pin. J'entendais battre le cœur de Tobias.

Je me suis placé dans la brise et j'ai commencé à battre des ailes. J'ai soulevé les pattes du sol. Le vent m'a happé et j'ai décollé.

Même avec l'aide de la brise, je devais battre vigoureusement des ailes pour atteindre la cime des arbres. Tobias était déjà à quelques mètres au-dessus de moi. Mais il avait beaucoup d'entraînement.

J'ai dépassé le sommet des arbres et je me suis élevé dans le ciel. Le soleil brillait, et des vagues de chaleur montaient. J'ai pris le courant ascendant. En quelques secondes, je me suis retrouvé à soixante mètres du sol.

Je voyais maintenant la ferme de Cassie. Et tout en décrivant des cercles pour continuer à bénéficier des courants ascendants et à gagner de l'altitude, j'ai

aperçu tous nos autres points de repère : les maisons des autres Animorphs, le centre-ville, le collège.

< Reste près de moi, m'a conseillé Tobias. Nous allons longer le rivage. L'observatoire est sur la côte, plus au nord. Il y en a pour une heure de vol, environ. >

Nous avons rejoint l'océan. Des falaises bordaient la côte, et c'est de là que partaient les thermiques les plus puissants. Un thermique est un courant ascendant d'air chaud. Voler dans un thermique, c'est comme prendre un ascenseur ou un toboggan ascensionnel de vaisseau spatial. Le courant vous prend sous les ailes et vous porte haut, très haut dans le ciel.

C'est une sensation fabuleuse, vertigineuse, folle.

J'ai décrit un arc de cercle pour rester dans le thermique et pour suivre Tobias qui prenait de plus en plus d'altitude.

< Dépassons les mouettes, m'a prévenu Tobias. Elles sont détestables, quelquefois. Quand elles sont de mauvaise humeur, elles sont capables d'encercler un faucon. >

C'était grisant. Nous étions à plusieurs centaines de mètres du sol. Tout en bas, il y avait des humains allongés sur la plage, portant moins de vêtements que d'habitude. L'habillement est une étrange coutume humaine. Ils doivent porter des vêtements tous le temps. Sauf à la plage, où ils peuvent en mettre moins.

Je ne comprends pas cela. Le *Quid* ne fournit pas d'explications là-dessus. Je savais pourtant que les États-Unis importaient pour 36,7 milliards de dollars de vêtements.

< Garde un œil sur ce mec, là>, m'a alerté Tobias.

< Où ça ? Qui ça ? > ai-je demandé, brusquement tiré de mes rêveries.

< Le faucon pèlerin. Il cherche sans doute à attraper quelques bonnes petites mouettes. Mais il pourrait tout aussi bien décider de s'attaquer à nous. Il est petit, mais il est rapide. Et méchant, avec ça. >

J'ai décidé de garder un œil sur le faucon. La Terre est un endroit sauvage et dangereux. Du moins quand on est oiseau.

J'ai songé que ça devait être terrible pour Tobias, parfois. Il doit se méfier de créatures qu'aucun humain n'a besoin de redouter. Il a perdu sa place au sommet de la chaîne alimentaire de la Terre. Les faucons sont des prédateurs, mais ce sont aussi des proies. Pourtant, il semble avoir accepté son destin. Était-il possible qu'il fût plus heureux en faucon qu'en humain ?

Était-ce pour cela qu'il ne me demandait jamais ce que je savais sur sa condition de nothlit ?

Ou bien pensait-il que je refuserais de lui répondre, voire pire, que je lui mentirais ?

Heureusement, le faucon nous a ignorés et nous avons poursuivi notre vol en longeant la côte. Nous avons rapidement laissé la ville derrière nous. Les plages ont disparu, elles aussi. La côte est devenue plus accidentée, et de grandes vagues s'écrasaient contre les rochers.

Une seule route suivait la côte en serpentant. Il y avait des voitures dessus, mais peu de bâtiments autour. Puis, au loin, j'ai aperçu une grande construction blanche.

Plusieurs constructions, en fait. Il y avait un bâtiment haut et coiffé d'un dôme. Et, déployés en cercle autour, plusieurs grands bols blancs et aplatis. Il m'a fallu quelques secondes pour comprendre à quoi ils servaient.

< C'est ça, le radiotélescope ? ai-je demandé en riant. Vous utilisez encore des miroirs concaves ? >

< Ça ne marche pas pour… pour le truc que tu veux faire ? >

< Oh si, ça devrait marcher. Si j'arrive à accéder

aux ordinateurs, ça devrait très bien marcher. C'est juste que c'est tellement primitif. >

< Je suppose que tu ne veux pas me dire ce que nous faisons, hein ? >

< Ce que nous faisons ? Nous volons. >

< Très drôle. Tout d'un coup, tu as le sens de l'humour. Super. >

CHAPITRE 14

< Le grand bâtiment avec le dôme ? ai-je demandé à Tobias pendant que nous survolions l'observatoire. Crois-tu que ce soit là que se trouvent les ordinateurs ? >

< C'est possible. C'est là qu'il y a le télescope principal, je crois. Mais peut-être qu'ils y ont aussi installé les centres de contrôle et les ordinateurs. >

J'ai regardé à l'aide de mon incroyable vision de busard. Il y avait une énorme ouverture rectangulaire sur le haut du dôme. A l'intérieur, j'ai distingué un grand rond en verre. J'ai éclaté de rire en reconnaissant ce dont il s'agissait.

< Un télescope ? Un véritable télescope optique ? Qu'est-ce qu'ils peuvent bien espérer voir avec ça ? >

< Un busard cendré et un queue-rousse volant côte à côte, comme deux touristes égarés. D'après Marco,

ce télescope n'est pas encore en service. Donc je ne sais pas combien de gens travaillent ici. Mais nous devons trouver un endroit où nous poser pour que tu puisses morphoser en quelque chose d'utile et faire… ton truc. >

< Tobias. Est-ce du sarcasme, la façon dont tu me dis ça ? >

< Non, j'appellerais plutôt ça de l'ironie… >

< Ah. Merci pour l'explication. Pourquoi ne pas entrer directement dans le dôme ? >

< Pourquoi pas ? >

Sur ces mots, Tobias a commencé sa descente, et je l'ai suivi.

Nous piquions à vive allure, fendant l'air comme deux fusées. Le dôme brillant fonçait à notre rencontre. Je me suis engouffré par le rectangle ouvert et j'ai tourné brusquement sur la droite.

Il faisait beaucoup plus sombre dedans que dehors. En dessous de moi, je voyais le tube incroyablement long du télescope.

< Je vois des portes tout en bas, a remarqué Tobias. Ce sont probablement des bureaux. Il y a sans doute des ordinateurs dans tous les bureaux. Il suffit que nous en trouvions un qui soit vide. >

< Oui, ce serait bien. Mais je vais avoir besoin de doigts. >

< Pour… >

< Pour le truc que je veux faire. >

Nous avons survolé lentement l'intérieur du dôme en décrivant des cercles. Je m'attendais sans cesse à apercevoir des humains en bas, mais personne ne s'est montré.

< Cet endroit est horriblement désert >, a constaté Tobias.

< Oui, il a l'air abandonné. Tobias, je vais descendre. Mon temps d'animorphe va bientôt finir. C'est maintenant que je dois agir seul. >

< Reçu cinq sur cinq. Bonne chance, Axos. Sois prudent pour faire ton truc. >

Tobias est sorti rapidement du dôme. J'étais seul.

Je me suis laissé descendre vers le sol. De plus en plus bas, pour finir par me poser sur une table. Il y avait un poste de travail informatique. Aucun humain en vue.

J'ai remarqué une porte ouverte, qui semblait donner sur une pièce sombre et vide. En deux battements d'ailes, j'y suis entré.

Les yeux de busard sont adaptés à la vision diurne.

Ils ne sont pas très puissants dans le noir. Mais le busard dispose également d'une ouïe extrêmement fine. J'ai vaguement distingué un bureau et je suis allé m'y percher. Ensuite je me suis concentré sur les sons.

J'étais seul dans la pièce. J'en étais certain. Les seuls bruits humains que j'entendais venaient de l'autre côté des murs.

Une conversation. Je n'arrivais pas à distinguer les sons, mais ils semblaient tous concentrés dans le même secteur.

< Ax, est-ce que… m'entends ? >

C'était Tobias. Sa voix mentale était faible.

< A peine >, ai-je répondu.

< Je suis dehors. Je re… une fenêtre… là. Je vois… dans une pièce… Un genre de réunion. >

< Oui, je les entends. Est-ce que tu peux les surveiller ? Me prévenir s'ils viennent par ici ? >

< Ouais. Si quelqu… quitte la… nion, je saurais… >

< Je t'entends à peine. Je vais démorphoser. >

< Je ne peux pas… très bien, mais va… >

Mon plan était de retrouver mon corps normal d'Andalite, puis de passer rapidement à ma forme humaine, juste au cas où des humains me verraient.

Mais le vol m'avait fatigué. Et l'animorphe est une épreuve physique. Surtout quand on morphose vite. Et si j'avais besoin de m'enfuir rapidement, il faudrait que je repasse par mon corps d'Andalite pour remorphoser en busard.

Je ne pourrais jamais opérer autant de changements en si peu de temps. J'ai décidé de courir le risque de conserver ma forme andalite.

D'ailleurs... si ça marchait, si j'arrivais à joindre ma planète, je voulais que mes parents me reconnaissent sur l'écran.

J'ai commencé à démorphoser. Tout ce que j'espérais, c'était que Tobias puisse me prévenir à temps en cas de problème.

J'avais beau adorer être en oiseau, ça m'a fait plaisir de sentir ma queue se reformer. Un Andalite se sent perdu, sans sa queue.

Et les yeux du busard ont beau être très puissants, il n'empêche qu'ils ne regardent que dans une seule direction à la fois. Quand mes tentacules oculaires sont réapparus, j'ai poussé un soupir de soulagement. Je pouvais à nouveau voir dans toutes les directions à la fois.

Il n'y avait pas d'ordinateur dans le bureau. Cela me

contrariait beaucoup. J'allais être obligé de retourner dans la grande salle de l'observatoire pour me servir de celui qui était là-bas.

Mes sabots glissaient sur le sol ciré. J'avançais en dirigeant mes yeux dans toutes les directions, en état d'alerte.

J'ai écarté la chaise qui se trouvait devant le poste de travail. Je me suis mis à taper sur ce clavier archaïque. L'écran m'a demandé un mot de passe.

< Mot de passe ? > ai-je lu en riant.

J'ai désactivé le système de sécurité et j'ai constaté que le nouveau logiciel du père de Marco était déjà installé.

Bien. Cela me faciliterait les choses. Le plus vite possible, j'ai donné des instructions pour modifier rapidement le logiciel commandant le radiotélescope.

Dans la mesure où les humains n'avaient pas connaissance de l'Espace-Zéro, ils ne savaient pas qu'on pouvait régler un puissant récepteur radio de façon à créer un vide Zéro-spatial et ouvrir un portail interdimensionnel.

Après avoir percé un petit trou dans l'Espace-Z, ce fut un jeu d'enfant de me servir des mêmes récepteurs pour refléter le rayonnement naturel et le moduler en

un signal cohérent. La partie difficile serait de contrôler le signal en utilisant la parole mentale. Cela me demanderait une concentration absolue.

< Tout va... ici >, m'a prévenu Tobias.

J'espérais que le mot qui ne m'était pas parvenu était « bien ».

Il m'a fallu à peu près dix minutes terrestres pour régler le radiotélescope. Dix minutes, et j'avais fait progresser la science humaine d'un bon siècle.

Dix minutes pour enfreindre gravement la loi andalite.

J'avais fini. Le système était prêt.

J'ai appuyé sur la touche Enter.

Les milliers de lignes de langage informatique se sont effacées d'un coup.

L'écran de l'ordinateur était vide.

Je me suis concentré aussi fort que j'ai pu. J'ai visualisé le signal cohérent. J'ai visualisé ce rayon traversant ma tête.

« Planète andalite, ai-je pensé. Planète andalite. »

L'écran a clignoté.

Un visage est apparu. Il était dur et méfiant. Mais c'était un visage andalite.

< Qui êtes-vous ? a demandé sévèrement

l'Andalite. Ceci est une liaison de haute sécurité. Vous n'êtes pas un émetteur autorisé. Indiquez votre nom et votre position. >

< Mon nom est Aximili-Esgarrouth-Isthil. Frère d'Elfangor-Sirinial-Shamtul. Fils de Noorlin-Sirinial-Cooraf et Forlay-Esgarrouth-Maheen. >

L'Andalite m'a dévisagé.

< Le frère d'Elfangor ? Quelle est ta position ? >

< Ma position est la planète qu'on nomme Terre. >

CHAPITRE
15

< La Terre ! >

< Oui. >

< Prince Elfangor est-il avec toi ? >

L'espace d'un instant, j'ai relâché ma concentration, et j'ai perdu le signal. Mais je me suis forcé à me reconcentrer. Ceci était trop important pour que je me laisse dominer par mes émotions.

< Qui es-tu ? > ai-je demandé.

Il a paru surpris par ma question.

< Je suis Ithileran-Halas-Corain. Adjoint au chef des communications interplanétaires. >

< Ithileran, la vie de mon frère s'est achevée. Le vaisseau Dôme a été détruit. Je suis le seul survivant. >

Visiblement, il ne s'attendait pas à ces nouvelles. Il a baissé les yeux et incliné ses tentacules oculaires en signe de chagrin.

< Ton frère était un grand guerrier. Je pleure aussi la mort des nombreux autres guerriers qui étaient à bord du vaisseau Dôme. >

< Elfangor était le plus grand d'entre eux. Mes parents ne savent pas qu'il est mort. J'aimerais que tu me mettes en liaison avec eux. La communication risque d'être interrompue d'un instant à l'autre. >

< Je vais le faire. Dès que tes parents seront localisés, j'établirai la liaison. Mais d'abord, fais-moi ton rapport, aristh Aximili. >

J'ai essayé de mettre rapidement de l'ordre dans mes pensées.

< Les Yirks ont débarqué en force ici. Il y a au moins un vaisseau Mère. Ainsi qu'un vaisseau Amiral appartenant à Vysserk Trois, et de nombreux vaisseaux Cafards. Les humains ignorent l'invasion. Je ne sais pas combien d'entre eux sont devenus des Contrôleurs, mais il doit y en avoir au moins quelques milliers. >

J'ai repris mon souffle en m'efforçant de garder ma concentration. Devais-je tout dire à Ithileran ?

< Alors la Terre est perdue ? >

< Non ! me suis-je écrié vivement. La Terre n'est pas une planète perdue. Il y a une poche de résistance.

Quelques humains. De jeunes… arisths, comme moi. Je me bats avec eux. >

< Mais il n'y a certainement pas d'espoir de victoire, si ? >

< Nous avons affaibli les Yirks. Nous avons détruit le Kandrona qui était installé sur cette planète. >

Le moins qu'on puisse dire, c'est que la nouvelle a retenu l'attention d'Ithileran.

< Vous avez détruit un Kandrona yirk ? Comment avez-vous fait ? Vous et une poignée de jeunes humains ? >

C'était le moment de dire toute la vérité ou de mentir.

< Les humains… les humains ont le pouvoir de morphoser. Vysserk Trois croit qu'il s'agit d'une petite bande de rescapés andalites. La Terre a de nombreux animaux bizarres et, avec l'animorphe, nous nous servons de ces espèces pour attaquer les Yirks. >

< Des humains qui morphosent ? Et comment les humains ont-ils acquis cette technologie ? >

< Elle leur a été donnée. Par Elfangor. >

Ithileran a eu l'air abasourdi. Ses yeux se sont brusquement tournés sur le côté, puis il a soudainement disparu de l'écran. Un autre Andalite a pris sa place.

J'en croyais à peine mes yeux. J'ai immédiatement reconnu son visage.

Il était très vieux, pourtant sa puissance semblait irradier l'écran et traverser toutes les années-lumière qui séparaient la Terre de ma planète.

Lirem-Arrepoth-Terrouss.

Chef du Conseil. Il avait participé à plus de combats que je ne pouvais en compter. Son apparition sur l'écran aurait pu me faire perdre ma concentration, mais j'étais trop impressionné pour pouvoir réagir.

< Sais-tu qui je suis ? >

< Oui. Oui, euh, oui, oui, je te connais. Enfin, je ne te connais pas, mais je sais qui tu es. >

Il a ignoré mon bavardage.

< Je pleure la perte de ton frère et de tous ceux qui étaient à bord du vaisseau. Maintenant, dis-moi : Elfangor a-t-il enfreint nos lois et transmis nos technologies aux humains ? >

< Euh... eh bien... les humains étaient sans défense. Nos forces avaient été détruites. Il n'y avait plus rien pour faire barrage à la domination totale des Yirks sur les humains. Ils avaient besoin d'une arme. >

Lirem m'a fixé de ce regard connu pour faire trembler les plus grands princes.

< Et comment es-tu parvenu à nous contacter ? Ceci est une transmission Zéro-spatiale. >

< Je... je... j'ai fait quelques modifications sur un outil humain rudimentaire. >

< Alors toi aussi, tu enfreins la loi. Toi aussi, tu transmets nos technologies aux humains. >

< Les hommes ne sont pas nos ennemis ! me suis-je écrié, et à ma propre surprise, je hurlais presque. Ils n'ont aucune chance, sinon. Ces quelques humains sont les seuls à résister aux Yirks sur la planète. Elfangor le savait. Il a fait ce qu'il a estimé juste. >

Contrairement à ce que j'aurais pensé, Lirem ne m'a pas dit de me taire. Mais ses yeux se sont assombris, et son expression s'est faite plus sévère que jamais. Il m'a alors dit :

< Aristh Aximili, une fois un Andalite a fait ce qu'il estimait juste. Il a transmis de la technologie à une espèce faible et arriérée. Il l'a fait parce qu'il pensait que ces créatures devaient avoir la capacité de voyager dans les étoiles. Connais-tu le nom de cet Andalite ? >

< Prince Sierow >, ai-je répondu.

< Prince Sierow. Oui. C'était alors mon prince. Le savais-tu ? Il y a de nombreux siècles, quand j'étais

un aristh comme toi. (Lirem m'a regardé droit dans les yeux.) Sais-tu ce qui est arrivé à cause de la Bonté de Sierow ? >

< Oui, ai-je avoué l'air coupable. Oui, je sais. J'ai vu ce qui est arrivé à cause de la Bonté de Sierow. >

Pendant quelques instants, personne n'a parlé.

Puis Lirem a ajouté :

< Jeune Aximili, ton frère Elfangor est un héros. Le peuple a besoin de héros dans cette guerre interminable. Je n'ai pas envie d'apprendre au peuple qu'à la fin de sa vie, Elfangor a enfreint les lois. Il n'y a pas de pardon possible pour un prince qui enfreint les lois. Ce n'est pas comme pour un aristh. Alors... je te pose de nouveau la question. Est-ce vraiment Elfangor qui a transmis cette technologie aux humains ? >

Je n'arrivais pas à croire ce que Lirem voulait me faire dire. Il voulait que je mente. Il voulait que j'innocente Elfangor.

< Je... Je me suis trompé quand j'ai dit que c'était Elfangor, ai-je répondu, trop secoué pour pouvoir discuter. C'était... c'était moi. C'est moi qui ai transmis aux humains la technologie de l'animorphe. >

Lirem a continué :

< Tu étais séparé de ton prince, seul, encore

dépourvu d'entraînement, tu n'étais pas encore un vrai guerrier et tu as enfreint les lois, aristh Aximili. Est-ce exact ? >

< Exact >, ai-je murmuré, plein d'amertume.

< Au nom du Conseil, je te pardonne ton erreur. Ce qui est fait est fait. Peut-être que je me fais trop vieux pour comprendre ces choses, tout cela finira peut-être bien. >

< Oui >, ai-je murmuré, ébahi.

Pourquoi avais-je fait cela ? Pourquoi avais-je contacté ma planète ?

< Aristh Aximili-Esgarrouth-Isthil, tu as agi avec courage en prenant la responsabilité de cette faute. Je connais la tentation de s'écarter de la loi quand on aide un peuple courageux à combattre les Yirks. J'étais conseiller auprès des Hork-Bajirs. C'étaient nos alliés, mais ils n'étaient pas andalites. Ils ne faisaient pas partie de notre peuple. >

< Mais... >

Je savais que je devais me taire. Seulement quelque chose, en moi, s'était mis en colère.

< Mais les Hork-Bajirs ont fini par tout perdre. >

Le regard de Lirem s'est durci.

< Tu es un Andalite. Tu n'es pas un humain. Obéis

à nos lois. Je te donne un ordre : résiste aux Yirks. Mais ne donne aux humains aucune information ni aucune technologie. Entends-tu mes ordres, aristh Aximili ? >

< Oui. >

< La flotte se bat dans différents endroits de la galaxie. Nous gagnons du terrain sur les Yirks. Mais il va se passer un peu de temps avant que nous puissions venir sur Terre. Combats les Yirks. Si tu es la moitié du héros qu'était ton frère, tu feras honneur à ta famille. >

J'ai entendu une voix faible dans ma tête, qui m'a paru venir de très loin.

< Ax… bouger… type. Je crois qu'il… >

Mais à cet instant précis, Lirem m'a prévenu :

< Aximili, nous avons ton père. Il aimerait te parler. >

CHAPITRE 16

< Ax… tu m'entends ?… il y a… >

< Aximili-kala >, a dit mon père.

C'était le surnom qu'il me donnait. Je n'arrivais pas à croire que c'était vraiment lui.

< Oui, père. C'est moi. C'est moi, Aximili. Je suis sur Terre. Je ne sais pas combien de temps je vais pouvoir parler. Pas longtemps.>

< Ton frère est-il là ? >

Elle était arrivée si vite, cette question que je redoutais. J'ai failli perdre le contact. Je voulais désespérément voir le visage de mon père et l'entendre parler. Mais en même temps, je ne voulais pas lui dire que son fils aîné n'était plus.

Il y avait autre chose que je ne voulais pas lui dire.

< Elfangor, a repris mon père. Est-il… >

< Père. Elfangor est… il a été tué. >

Mon père a eu l'air de quelqu'un qui reçoit un coup de poing en pleine figure. Il a reculé sous le choc. J'ai détourné les yeux. J'avais essayé tellement fort de ne pas penser à la mort d'Elfangor. A voir la douleur de mon père, je ressentais maintenant la mienne.

< Est-il mort honorablement ? > a demandé mon père.

Cette question faisait partie du rituel funéraire. C'était la question qu'il devait poser.

< Il est mort au service de son peuple, en défendant la liberté. >

Mon père a hoché la tête.

< Et sa mort a-t-elle été vengée ? >

C'était la question que je redoutais.

< Non, père. >

Mon père m'a regardé.

< C'est toi l'aîné maintenant. Le devoir de vengeance te revient. Connais-tu son meurtrier ? >

< Oui. >

< Et son meurtrier est-il toujours en vie ? >

< Oui. >

< Toi, Aximili, acceptes-tu le devoir de venger la mort de ton frère ? >

< Oui. >

Le rituel était terminé. Nous avions tous les deux dit tout ce que nous étions censés dire.

< Je suis tellement soulagé de voir que tu vas bien >, a soupiré mon père.

< Oui. Je… J'avais tellement envie de te voir. Je ne pouvais pas… >

La liaison s'est interrompue. D'un seul coup, et complètement. Je regardais un écran vide.

– Désolé, mais c'était trop émouvant, a ricané une voix humaine. J'ai été obligé de couper.

Je me suis retourné. Un humain ! Il était à dix mètres de moi.

Et il tenait une arme braquée sur moi.

J'ai mis quelques instants à me rendre compte qu'il ne s'agissait pas d'une arme humaine. L'arme que l'homme avait à la main était un lance-rayons Dracon. Modèle yirk standard.

– Nous avons nous aussi beaucoup de choses à nous dire, toi et moi, Andalite. Beaucoup.

J'étais figé de stupeur. Incapable de bouger. L'humain-Contrôleur était trop loin pour que je lui donne un coup de queue.

– N'essaie même pas, Andalite, a-t-il prévenu comme s'il avait lu dans mes pensées. Je t'aurai grillé avant que tu n'aies pu commencer de remuer le bout de cette queue.

Mais à ce moment-là...

Tsiiiiiirrrrr !

Tobias a plongé du haut du dôme à une vitesse incroyable, serres tendues vers l'avant. Il visait la figure de l'homme.

L'homme a levé le bras. Les serres ont labouré sa peau nue en y faisant des entailles rouges, mais il n'a pas lâché son lance-rayons Dracon pour autant. Tobias a repris de l'altitude. Des lambeaux de la chemise de l'humain pendaient à ses serres.

Je me suis élancé. Trop tard !

– Ne bougez plus ! Je ne veux vous tuer ni l'un ni l'autre, Andalites, mais je le ferai si j'y suis obligé !

Tobias est allé se percher sur l'immense télescope.

– Je veux juste qu'on parle, a repri l'humain-Contrôleur.

< C'est toi qui tiens le lance-rayons >, lui ai-je fait remarquer.

Alors, il a fait quelque chose qui m'a stupéfié. Il s'est agenouillé et il a déposé le lance-rayons Dracon à terre. Puis il l'a repoussé d'un coup de pied, et l'arme a glissé sur le sol ciré.

< Je suis à ta merci, maintenant, Andalite. Tu peux te servir de cette queue, si tu veux. Ou tu peux écouter ce que j'ai à dire. >

Du bout de mes tentacules oculaires, j'ai jeté un coup d'œil à Tobias.

< A toi de décider, Ax, m'a-t-il dit. C'est ta mission. >

Je me suis alors adressé à l'humain-Contrôleur :

< Eh bien parle. >

– Je m'appelle Gary Kozlar.

< Ne me fais pas perdre mon temps, ai-je lancé d'un ton sec. C'est un nom humain, ça. C'est le nom de ton hôte. Mais je sais ce que tu es vraiment. >

Il a hoché la tête.

– Très bien. Mon nom est Eslin trois-cinq-neuf. Et tu es Aximili, un jeune élève guerrier andalite. Frère d'Elfangor la Brute. Vois-tu, j'ai entendu les dernières minutes de ton émouvante conversation.

< Elfangor la Brute ? Alors c'est comme ça que les Yirks appellent mon frère ? >

< Ton frère est mort, a répondu méchamment Eslin. Tout comme l'unique créature, dans la galaxie entière, qui comptait pour moi. Elle s'appelait Derane trois-quatre-quatre. Et sais-tu ce qu'ils ont en commun, ton frère et ma Derane ? >

< Non. Qu'est-ce que mon frère a en commun avec un Yirk ? >

La rage a déformé le visage humain d'Eslin.

– Ils ont tous les deux été tués par la même créature.

< Vysserk Trois ? >

– Comme je le disais, nous avons beaucoup en commun toi et moi, Andalite.

Il s'est efforcé de maîtriser son visage humain, mais il n'est pas arrivé à calmer le tic nerveux qui agitait sa mâchoire.

– Vous autres, bandits andalites, m'a-t-il expliqué, vous nous avez causé beaucoup de tort en détruisant le Kandrona. La famine fait rage. Les Yirks les plus importants, ceux qui ont des postes vitaux ou ceux qui ont la chance d'être des proches du Vysserk, sont emmenés tous les trois jours au vaisseau ravitailleur. Ils y reçoivent une dose minimale de rayons du Kandrona. Juste de quoi rester en vie.

< Tu t'attends à ce que j'aie des remords ? > lui ai-je demandé.

– Non, je m'attends à l'hypocrisie et au mépris habituels des Andalites, a rétorqué Eslin avec rage. Les Andalites… les trouble-fête de la galaxie. >

< Ne m'énerve pas, Yirk. J'ai dit que j'écouterais. Je n'ai pas dit que je te laisserais débiter tes mensonges. >

Eslin m'a adressé un sourire sinistre.

– Je savais que tu viendrais. Dès que j'ai vu le nouveau logiciel, je me suis dit : « Ha ! ha ! voici qui ne ressemble pas aux tentatives laborieuses des humains. Un Andalite a corrigé ce logiciel. » Un Andalite qui voulait se servir du radiotélescope comme émetteur Zéro-spatial. Je t'attendais. Je savais que tu viendrais.

< Et me voici. >

Je me suis senti bête. Bien sûr, les Yirks avaient placé l'un des leurs à l'observatoire. C'était évident. J'avais agi en imbécile. En véritable imbécile !

– Ma Derane... nous venions du même bassin. Nous avons été élevés ensemble. Elle et moi... Nous avons passé beaucoup de temps tous les deux. Elle me comprenait. Mais j'avais ce poste important à l'observatoire, tandis que Derane, elle, occupait une position subalterne. Quand vous autres, bandits andalites, vous avez détruit le Kandrona basé sur terre, Vysserk Trois a pris des décisions rapides. Il a affirmé que tout le monde survivrait. Il a annoncé qu'il avait trouvé une solution. Mais il mentait. Trop de Yirks, pas assez de rayons du Kandrona. C'était mathématique. Alors il a fait remonter les Contrôleurs soi-disant importants au vaisseau Mère. Et le reste...

Eslin a eu l'air de remarquer pour la première fois les blessures qui saignaient à son bras. Il les a touchées délicatement.

– Vous les Andalites, vous devez adorer cette planète. Il y a tellement d'horribles espèces pour morphoser.

< Ta Derane faisait-elle partie de ceux qui ont été sacrifiés ? >

– « Main d'œuvre superflue ».

Eslin a souri tristement.

– Mais j'ai déjà eu une petite vengeance. Les favoris du Vysserk sont conduits au vaisseau Mère par navette tous les trois jours pour se nourrir. J'ai saboté une des navettes. Ça a désorganisé le planning du ravitaillement. Maintenant, certains des amis de Vysserk sont en train de mourir de faim. Comme ma Derane.

< C'est pour ça qu'on commence à voir des Contrôleurs qui craquent, m'a fait remarquer Tobias. C'est pour ça que ça a mis tellement longtemps. Vysserk Trois maîtrisait la situation, jusqu'au moment où ce type s'en est mêlé. >

< As-tu fini, Eslin ? ai-je demandé. J'ai entendu ton histoire. Quel est son intérêt ? >

– Ah ! L'intérêt de l'histoire. Oui, bien sûr. L'intérêt... L'intérêt est le suivant : Vysserk Trois habite un corps d'Andalite. Et parfois, il se nourrit comme un Andalite.

< Qu'est-ce que ça veut dire ? > a voulu savoir Tobias.

– Il se nourrit comme un Andalite, il est alors seul. Il a des gardes, bien sûr, mais ils restent à l'écart. Il est vulnérable. Très vulnérable. Et je connais l'endroit où il se nourrit.

< Pourquoi me dis-tu cela, Yirk ? >

– Pourquoi ?

Il a découvert ses dents humaines en un rictus haineux.

– Parce que je veux sa mort. Je veux la mort de Vysserk Trois. Il a tué ma Derane. Il a tué le seul être de toute la galaxie pour qui j'ai jamais éprouvé des sentiments. C'est lui qui l'a tuée. Et je veux qu'il paie de sa vie, cette pourriture, cette moitié d'Andalite ! Je veux sa MORT !

Il s'est calmé, du moins un peu. Il a sorti un petit morceau de papier de sa poche, et l'a placé sur le bureau.

– L'endroit et l'heure, a-t-il ajouté. Tu as une journée pour te préparer.

< Ça pourrait être un piège. >

Eslin a ricané.

– J'aurais pu te tuer tout à l'heure. Tu as un devoir à accomplir, Andalite. Le devoir de vengeance. Le meurtrier de ton frère. Ton plus grand ennemi. Vous autres Andalites, vous êtes les champions du devoir. Alors, fais ton devoir, Andalite.

CHAPITRE 17

Il est très difficile, quand on est en animorphe d'humain, de garder à l'esprit qu'on n'est pas l'un d'eux. Que leur douleur n'est pas notre douleur. Il est difficile de rester insensible. Parfois très difficile.

– Journal terrestre d'Aximili-Esgarrouth-Isthil.

Ce soir-là, prince Jake nous a tous convoqués à une réunion dans la grange de Cassie.

Ma première pensée a été que Tobias avait parlé aux autres de ma visite à l'observatoire. Bien sûr, Tobias ne savait toujours pas que j'avais communiqué avec ma planète. Mais il était au courant du plan d'Eslin pour tuer Vysserk Trois.

La grange de Cassie s'appelle aussi le Centre de sauvegarde de la vie sauvage. Elle et son père y soignent des animaux sauvages blessés ou malades. Il y a toujours des dizaines d'animaux dans des cages : des putois, des renards, des ratons laveurs, toutes sortes d'oiseaux. Beaucoup ont des pansements.

La relation des humains avec les animaux de la Terre est étrange. Envers certains, ils semblent capables d'éprouver énormément d'émotions. En revanche, il y en a d'autres qu'ils détestent. Je crois que cela est lié à un facteur qu'ils nomment « mignon ». Je n'ai jamais compris ce concept.

Et maintenant, j'étais sûr que je ne le comprendrais jamais.

Je n'étais pas assez bête pour croire que je pourrais me battre contre Vysserk Trois et m'en tirer vivant. Avec un bon plan et de la chance, je pourrais le tuer. Mais je n'aurais pas le temps de m'en vanter.

Peut-être était-ce tout aussi bien. Je n'avais pas d'avenir. Lirem m'avait « pardonné » d'avoir enfreint la loi. Mais je ne pourrais jamais devenir un guerrier, maintenant, et encore moins un prince. Je ne serais jamais un second Elfangor. Il allait figurer dans l'histoire en grand héros. On se souviendrait de moi comme du petit frère idiot qui avait donné aux humains le pouvoir de l'animorphe.

Je devais morphoser en humain pour aller à la grange. Il y avait toujours le risque que le père ou la mère de Cassie entre.

Mais je me sentais mal à l'aise d'avoir à prendre un corps humain. Tandis que la peau humaine remplaçait ma fourrure et que des yeux humains se substituaient à mes yeux d'Andalite, je n'ai pas cessé de repenser à Lirem me disant qu'il avait été conseiller auprès des Hork-Bajirs.

Les Hork-Bajirs avaient perdu. Les Yirks les avaient tous asservis. Mais Lirem était demeuré fidèle aux lois et aux coutumes.

Et s'il ne l'avait pas été ? S'il leur avait transmis des technologies de pointe ? S'il leur avait appris à construire des vaisseaux spatiaux ? Le peuple hork-bajir serait-il un peuple libre, aujourd'hui ?

Ce n'était pas à moi d'en juger. Je n'étais qu'un aristh, et je ne serais jamais rien de plus. Au moins, si je détruisais Vysserk Trois, les gens diraient : « C'était un idiot, mais il a su mourir dignement. »

Bizarrement, ce n'était pas d'un grand réconfort.

Les autres attendaient déjà dans la grange. Prince Jake était assis sur un ballot de foin. Marco était debout contre une stalle, les bras croisés. Cassie, comme d'habitude, travaillait : elle nourrissait un oison blessé avec un compte-gouttes. Rachel faisait les cent pas, le regard dur, et elle a légèrement cligné des yeux quand elle m'a aperçu.

Quant à Tobias... Tobias était perché sur les poutres du plafond. J'ai croisé son regard de faucon, intense et intimidant. Et j'ai vu qu'un lambeau de tissu ensanglanté pendait à une de ses serres. Je savais d'où il provenait. Et maintenant je connaissais le motif de cette réunion.

– Salut, Ax, a dit prince Jake. Comment ça va ?

– Bien, ai-je répondu.

– J'ai pensé que nous devions tous nous réunir, a continué prince Jake avec lassitude, et j'ai eu l'impression qu'il évitait de me regarder. Il faut que nous réfléchissions à ce qui arrive aux Contrôleurs. Nous avons vu le type du centre-ville. Ensuite il y a eu monsieur Pardue. Et dans le journal de ce matin, il y avait un article sur un homme d'affaires qui a craqué en pleine réunion. Le journal présentait ça comme un simple accès de folie. Moi, je suis pratiquement sûr que c'était un autre Contrôleur qui se libérait.

Il m'a regardé. Je n'ai rien répondu.

– Tu vois, ce qu'il y a, Ax, a ajouté brusquement

Marco, c'est qu'on en a assez que tu nous mènes en bateau. Tobias se pointe en traînant une chemise pleine de sang. Je lui demande ce que c'est, il refuse de me répondre. Pourquoi Tobias ne veut-il pas me le dire ? Très simple. Il a dû promettre à quelqu'un de ne rien dire. Et qui c'est, ce quelqu'un ?

Il était inutile de nier.

– J'ai fait promettre à Tobias. Pro-me-ttreu. C'est ma faute.

– Alors non seulement tu nous fais des secrets, mais maintenant, en plus, tu nous forces à en avoir entre nous ? a crié Rachel. Écoute, Ax, il y a un truc qu'il faut que tu piges. Nous ne sommes pas tes marionnettes. Nous ne sommes pas des soldats de plomb. C'est notre planète, ici. Et c'est notre combat. Ne t'imagine pas que tu vas nous manipuler, rien que parce que tu es un puissant Andalite.

– Je n'essaie de manipuler personne.

– Ben voyons ! a répondu sèchement Rachel. L'information circule dans un seul sens. Nous, on te dit tout, toi, tu ne nous dis rien. C'est sûr, tu as l'air sincère, quelquefois, mais tu ne nous dis rien d'utile.

– Tu as expliqué que tu savais que les Yirks risquaient de détruire tous les Contrôleurs qui faiblissaient, a insisté Marco. Comment le savais-tu ? Est-ce que ça s'est déjà produit avant, sur une autre planète ?

Rachel a repris la parole :

– Nous te montrons notre monde. Nous t'acceptons. Tu rencontres nos familles, tu lis nos livres, tu vas même à notre école. Et toi, tu nous fais des secrets.

J'étais assommé par leurs paroles. Tout cela était vrai. Mais j'avais des ordres. Je me devais d'obéir aux lois de mon peuple.

– Nous sommes des inférieurs, hein ? s'est énervé Marco. C'est ça ? On n'est pas assez bien. Des petits humains arriérés. On ne mérite pas d'être traités en égaux.

– Ce n'est pas ça.

– Bien sûr que si ! a hurlé Marco. Bien sûr que si ! On n'est rien qu'une bande de Cro-Magnon, n'est-ce pas ? C'est comme ça que tu nous vois.

Peut-être me serais-je mieux débrouillé si j'avais été dans mon propre corps. Mon corps humain était envahi d'adrénaline. Je me sentais frustré et coupable, et j'avais peur.

– Je ne peux pas répondre à vos questions ! ai-je hurlé à mon tour. Je ne peux pas !

– Dis plutôt que tu ne veux pas ! a crié Marco. Rachel a raison. Nous ne sommes que des pions dans votre grand jeu. La partie se joue entre les Andalites et les Yirks, et nous, on est quoi ? Vos serviteurs ?

– Écoutez, écoutez... j'ai des lois que je dois respecter.

– Tu le dois vraiment ? a demandé Cassie.

C'était la première fois qu'elle prenait la parole, et sa voix était douce et posée :

– Elfangor respectait-il les lois quand il nous a donné le pouvoir de l'animorphe ?

– Je ne suis pas Elfangor ! Vous ne le voyez donc pas ? Je ne suis pas un grand héros. Je suis juste un jeune Andalite, d'accord ? Vous voulez la vérité ? Tenez, voilà une vérité : je ne suis pas un guerrier. Je suis un aristh. Un... un stagiaire. Un élève. Un rien du tout.

– Ouais ouais, tu vas me faire pleurer, s'est moqué Marco. Ça ne m'impressionne pas. Nous ne voulons pas de ta triste histoire, nous voulons la vérité. Qu'est-ce que vous faisiez, Tobias et toi ? Pourquoi lui as-tu fait promettre de ne rien dire ? Qu'est-ce qui se passe ?

– Je ne peux pas parler, ai-je murmuré. Il y a une loi qui nous interdit de transmettre notre technologie aux extra… je veux dire à n'importe quel non-Andalite. Et dans cette même loi, il est dit que nous ne pouvons pas expliquer pourquoi. Cou-a. Pourquoi.

– J'en ai ras le bol de…

Rachel recommençait à crier contre moi, mais prince Jake s'est levé et lui a posé la main sur le bras. J'ai vu qu'il lançait un coup d'œil à Cassie et qu'elle hochait la tête. Puis il a pris la parole :

– Je peux presque comprendre l'interdiction de nous transmettre des technologies de pointe, mais pourquoi tous ces autres secrets ? Pourquoi ne peux-tu pas nous dire d'autres trucs, comme par exemple comment tu savais ce que les Yirks allaient faire ? D'accord, tu ne veux pas nous donner des armes superpuissantes et tout ça. Ok. Mais pourquoi refuser de nous expliquer ce qu'on vient faire dans cette guerre entre les Andalites et les Yirks ? Je veux dire, à quoi ça rime ?

– C'est pour garder le contrôle sur nous, a remarqué Marco.

– C'est une question de pouvoir, a ajouté Rachel.

Cassie m'observait d'un air étrange.

– Non, a-t-elle fait. Ce n'est pas ça. Ce n'est pas une question de contrôle. C'est une question de

culpabilité. De honte. C'est bien ça, hein ? C'est ce que tu as dit l'autre soir. Tu as dit que chaque espèce portait sa faute.

– De la culpabilité ? De la honte ? a demandé Marco, qui regardait Cassie comme si elle était idiote.

Mais Cassie avait trouvé la vérité.

– Qu'avez-vous fait pour avoir honte ? m'a demandé prince Jake.

– Une fois, nous avons fait preuve de bonté alors que nous n'aurions pas dû, ai-je avoué.

– Et c'est tout ce que tu vas nous dire ? a soupiré prince Jake.

J'ai hoché la tête, comme le font les humains.

– Je ne peux pas accepter ça, Ax, a prévenu prince Jake avec tristesse. Si tu es avec nous, tu dois être honnête avec nous. Autrement... je crois que tu devras te débrouiller tout seul. Je le regrette vraiment, mais tu ne peux pas être avec nous et nous mentir en même temps.

– Je comprends. Vous avez été...

Une fois de plus, je sentais cet étrange serrement à la gorge.

– ... Vous avez été merveilleux envers moi. Je vous serai toujours reconnaissant. Reconnaissant.

Merveilleux. Yeu. La vérité… la vérité, c'est qu'on ne serait plus restés ensemble très longtemps, de toute façon.

J'ai levé les yeux vers Tobias. Lui seul comprenait ce que je voulais dire.

Lentement, avec la sensation que mes pauvres jambes humaines étaient faites de ce lourd métal terrestre qu'on appelle plomb, j'ai fait demi-tour et je me suis éloigné de mes amis humains.

CHAPITRE 18

« Tu ne peux pas toujours avoir ce que tu veux. Mais si tu essaies, parfois, tu pourrais bien arriver à obtenir ce dont tu as besoin. » C'est un être humain très célèbre, du nom de Rolling Stones, qui a dit cela. J'ai trouvé que c'était très sage, pour un humain.

– Journal terrestre d'Aximili-Esgarrouth-Isthil.

En temps normal, il faut accomplir le rituel du matin. Mais ce matin-là n'était pas un matin normal.

C'était le jour où j'allais mourir.

< Je suis le serviteur du peuple >, ai-je déclaré, avant d'incliner la tête jusqu'au sol.

Le peuple ! Il était à des milliards de kilomètres.

< Je suis le serviteur de mon prince >, ai-je poursuivi, dressant mes tentacules oculaires vers le ciel.

Mon prince ? Elfangor avait été mon prince. Il était mort. Maintenant, un humain, Jake, était mon prince, et il m'avait chassé. Je ne lui avais même pas expliqué ce que je comptais faire.

Le rituel était un mensonge.

< Je suis le serviteur de l'honneur >, ai-je ajouté, tournant la tête pour regarder le soleil levant.

L'honneur. Mourir, en vengeant mon frère. J'ai senti mes entrailles se serrer. C'était la peur. Je connaissais la peur. Je l'avais éprouvée assez souvent au combat. Mais je ne m'étais jamais engagé dans un combat en sachant que j'allais perdre.

Ce n'était pas de l'honneur. Je courais dans les bras de la mort.

< Ma vie ne m'appartient pas, quand le peuple en a besoin. >

Ne pouvais-je pas demander aux autres de m'aider ? Ne pouvais-je pas trouver prince Jake et lui en parler ?

Non. Pas sans leur avouer que j'avais appelé ma planète. Pas sans accepter de tout leur révéler. Il était temps de prononcer les dernières paroles du rituel.

< Ma vie... est offerte pour le peuple, pour mon prince, et pour mon honneur. >

J'ai relevé ma lame caudale et je l'ai appuyée contre

ma gorge en symbole de sacrifice. Je respirais bruyamment, comme si je venais de courir. Mes cœurs battaient très fort.

< C'est différent, a résonné la voix de Tobias. Ce n'est pas le rituel que tu faisais l'autre jour. Tu n'es pas entré dans l'eau cette fois-ci. >

< Oui, différent >, ai-je grommelé.

J'étais fâché que Tobias soit là.

< Tu vas le faire, n'est-ce pas ? >

Je n'ai pas répondu. La vérité, c'est que je ne supportais pas d'en parler. J'avais peur. Horriblement peur. Si je créais un effet de surprise, peut-être parviendrais-je à tuer le Vysserk. Mais il avait le corps d'un Andalite adulte. D'un grand mâle. Le Vysserk avait également plus d'expérience que moi. Et il avait des gardes. Il y aurait des Hork-Bajirs non loin de lui.

< Un peu dur, non ? a demandé Tobias. Je veux dire, dans le feu du combat, c'est une chose. Mais entreprendre d'assassiner quelqu'un de sang-froid… >

< Assassiner ? ai-je hurlé. Il a tué mon frère ! Il a asservi des milliers d'humains. Il vous anéantira, s'il le peut. Il asservira ta race tout entière. >

< Je ne critiquais pas. Je suis moi-même un prédateur. Mais un peu d'aide ne te ferait pas de mal. Dis-

moi où ça va se passer, Ax. Dis-moi où tu vas aller pour le trouver. Les autres t'aideront, tu le sais. >

< Je ne peux pas. Je ne peux pas demander de l'aide. Jake est mon prince, maintenant... ou il l'était... il pourrait m'interdire d'y aller. >

< Attends une seconde. Tu veux dire qu'il suffirait que Jake te dise non, et tu ne le ferais pas ? Et s'il t'ordonnait de répondre à toutes nos questions ? Hein ? >

< Tout le monde doit avoir un supérieur. C'est la tradition andalite. Tous les guerriers ont un prince. Tous les princes ont un prince de guerre. Tous les princes de guerre ont un grand chef. Et tous les grands chefs sont élus par l'ensemble du peuple. Et chacun, grand ou petit, obéit à la loi. Il ne pourrait pas m'ordonner d'enfreindre nos lois. >

< Et Jake est ton prince. Je crois qu'il est le mien aussi, dans un sens. Mais tu sais, il ne se considère pas comme tel. >

< Non. Je m'en rends bien compte. >

< N'as-tu pas le devoir d'informer ton prince de ce que tu fais ? >

< Si. Donc je crois que je ne fais pas un bon guerrier, ai-je remarqué avec amertume. Je ne suis pas bon à grand-chose. >

< Je ne suis pas d'accord avec toi. >

< Tobias ? Il faut que je le fasse. Tu as promis de garder mon secret. Vas-tu tenir parole ? >

Tobias est resté un moment silencieux.

< Je ne dirai rien à personne >, a-t-il fini par répondre.

< Et tu ne me suivras pas ? >

< Je ne te suivrai pas. >

< Après… Je veux dire, si je ne reviens pas. Juste au cas où. Dis aux autres que… que je suis désolé de n'avoir jamais rien pu leur dire. Il y a une raison. >

< Ouais, bien sûr, a ajouté Tobias avec amertume. Eh bien, bonne chance, Axos. >

Je suis alors parti en courant. Et j'ai couru, couru, couru.

L'endroit secret où je trouverais Vysserk Trois était à plusieurs kilomètres de distance. J'avais envie de courir sur tout le trajet, de fuir ma propre peur en y fonçant tout droit. C'est ce qu'Elfangor aurait fait. Elfangor, le grand héros.

Elfangor resterait dans la mémoire de tous comme le guerrier parfait. Le prince éclatant. Moi, si j'avais de la chance, les gens diraient un jour : « Aximili a enfreint la loi, c'est vrai, mais il a exterminé l'Abomination. »

Les gens diraient que je m'étais montré valeureux, à la fin de ma vie. Mais il y en auraient qui diraient : « Avait-il le choix ? Il était déshonoré. Ce n'est pas le courage qui l'a poussé à attaquer Vysserk Trois, c'est le désespoir. »

D'autres encore diraient : « Le pauvre… ce n'était qu'un jeune idiot qui essayait d'être à la hauteur de son frère, le héros. »

J'ai couru, couru jusqu'à ce que la poitrine me brûle, à force de respirer l'air lourd de la Terre. J'ai couru sur des feuilles mortes et des aiguilles de pin qui craquaient sous mes sabots. J'ai enjambé des branches pourries tombées au sol, contourné des buissons de ronces. J'ai couru entre des arbres qui ne parlaient pas, comme le font ceux de ma planète.

Chaque fois que je m'imaginais face à face avec Vysserk Trois, j'accélérais encore ma course, essayant de fuir ma peur.

J'étais loin des habitations humaines, maintenant. Loin des routes humaines. Au cœur de la forêt. Une forêt ancienne, pleine d'ombres et d'obscurité.

Mais finalement, j'ai aperçu le soleil qui brillait sur une étendue d'herbe, juste devant moi. Une prairie. Exactement à l'endroit indiqué par Eslin sur son mot.

Je me suis arrêté, haletant. Je me suis appuyé contre un arbre et j'ai essayé de reprendre mon souffle. Mes pattes tremblaient de fatigue et de peur.

La prairie était magnifique. De l'herbe verte parsemée de minuscules fleurs, jaunes et mauves. J'aurais aimé me nourrir ici, moi aussi.

Je me suis glissé vers la lisière sans jamais quitter l'ombre des arbres. Je n'ai rien remarqué d'anormal. Pas de Cafards. Pas de Hork-Bajirs. Pas de Vysserk Trois.

Rien que la faune terrestre : deux cerfs en train de brouter. Des écureuils fouillant les troncs d'arbre. Un putois qui passait en se dandinant effrontément.

D'après ce que m'avait indiqué le Yirk Eslin, une heure me séparait encore de l'arrivée de Vysserk trois. Je disposais donc de ce temps pour préparer mon plan en fonction du terrain que j'avais maintenant sous les yeux.

J'ai regardé la prairie. Un ruisseau, large peut-être d'un mètre, la traversait de part en part, bordé de hautes herbes.

J'ai essayé de deviner où le Vysserk irait courir. Irait-il du côté gauche, ou du côté droit ? Je n'aurais qu'une seule chance ; il fallait que je devine juste.

Je me suis imaginé où j'aimerais aller, si c'était moi. Vysserk Trois habitait un corps andalite. Peut-être réagirait-il comme un Andalite. J'ai avancé dans la lumière éclatante du soleil et je me suis dirigé vers un endroit qui m'a semblé convenir. Un endroit où l'herbe était un peu moins haute, et où Vysserk Trois n'aurait pas de mal à descendre dans l'eau.

C'est alors que je les ai vues.

Les traces de sabots. Des empreintes de sabots andalites.

Vysserk Trois. Il était effectivement venu ici, quelques jours plus tôt, peut-être. Eslin avait raison. C'était le bon endroit.

Il fallait que j'attende, caché dans les herbes. Que je sois prêt à attaquer le moment venu. Je ne pourrais jamais y arriver avec mon corps andalite, mais il y avait d'autres possibilités.

Le serpent à sonnette. Voilà l'animorphe à utiliser. Quel meilleur moyen de frapper soudainement ?

J'ai concentré mon esprit sur le serpent. Je me suis concentré sur le changement, et je l'ai senti débuter immédiatement.

C'était différent de toutes les animorphes que j'avais faites précédemment. D'habitude, mes pattes

se transforment en un autre type de pattes. Et mes bras se transforment en un autre type de bras, ne fût-ce même que des nageoires.

Cette fois-ci, il n'y avait ni bras ni jambes. Aucune partie de mon propre corps ne trouverait son équivalent dans cette nouvelle forme, à l'exception de mes yeux et de ma queue.

Mes pattes ont tout simplement fondu. Elles se sont recroquevillées et ont disparu. Je suis tombé par terre, sur des moignons.

Mes bras ont disparu à leur tour.

J'ai entendu des craquements à l'intérieur de mon squelette, quand tous les os de mon corps se sont fondus en une unique colonne vertébrale.

Je rapetissais mais, comme j'étais déjà couché dans l'herbe, cela ne me faisait pas un effet aussi violent que certaines autres fois. Les brins d'herbe poussaient au-dessus de ma tête et les fleurs mauves grossissaient de plus en plus, mais je n'éprouvais pas la sensation habituelle de chute.

Ce que j'éprouvais, c'était un terrible sentiment de faiblesse. Je n'avais pas de bras ! Je n'avais pas de jambes !

Mais ma queue… elle, je l'ai gardée, bien que sous

une forme très différente. La lame de ma queue s'est soudain fractionnée en une espèce de chaîne. Il y avait des dizaines de boursouflures, toutes reliées entre elles. La queue du serpent à sonnette.

Ma fourrure a disparu très rapidement, et des écailles ont poussé sur ma peau nue. Comme de minuscules plaques encastrées les unes dans les autres, dessinant des motifs bruns, noirs et roux.

Il m'est poussé une bouche. Une bouche énorme, par rapport à mon corps. J'étais un tube, et l'extrémité ouverte était ma bouche. Ce corps était choquant. Bizarre. Encore plus bizarre que de morphoser en fourmi ou en poisson. J'étais une créature sans membres.

Mes tentacules oculaires d'Andalite n'existaient plus. Une grosse langue fourchue, incroyablement longue et mobile, a poussé dans ma bouche. Mais elle ne ressemblait pas à une langue humaine. Son sens du goût dépassait tout ce que pourrait jamais atteindre une langue humaine. Elle percevait même le goût de l'air.

A ce moment-là, j'ai senti venir ce que j'attendais. De longs crochets recourbés. Des crochets qui se composaient chacun d'une aiguille fine et creuse. Par-

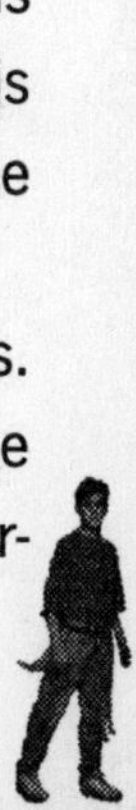

dessus des glandes venimeuses ont poussé, qui se sont ensuite remplies de poison.

J'ai senti l'esprit du serpent émerger en moi.

Ce n'était pas un esprit violent et impulsif, comme chez certains animaux. Je n'ai pas été submergé par la peur ou la faim. C'était un esprit lent, froid, réfléchi. L'esprit d'un prédateur. Un chasseur. Un tueur, calme et déterminé.

Et les sens !

Les yeux sans paupières voyaient des couleurs étranges, mais ils avaient un bon champ de vision.

La langue, qui jaillissait d'une fente de ma bouche, goûtait et sentait l'air. Elle m'apportait une incroyable quantité d'informations : l'odeur de l'herbe et de la terre, l'odeur des insectes et celle de créatures à sang chaud.

Juste sous mes narines de serpent, il y avait deux cavités qui détectaient la chaleur, en particulier les degrés de chaleur émise par les proies.

Oui, c'était une bonne animorphe. Le Vysserk ne se douterait pas de ma présence. Le corps d'Andalite de Vysserk était rapide, mais pas autant que le serpent. Je le savais par expérience.

J'ai commencé à me déplacer en rampant dans

l'herbe. J'ondulais gracieusement, sans bruit, avec aisance. Je suivais ma langue. Elle n'arrêtait pas de sortir et de rentrer à toute vitesse, goûtant l'air, détectant les odeurs.

J'ai exploré l'esprit du serpent avec le mien. Il n'avait pas peur. Il n'avait pas d'honneur. Il n'avait pas d'amis dont se préoccuper, pas de famille à décevoir, pas de lois à enfreindre. Il ne connaissait pas le sentiment de solitude. Le serpent avait toujours été seul.

Je me suis tapi dans l'herbe et j'ai attendu, patient, immobile, comptant les minutes dans ma tête.

Alors, j'ai senti la vibration du sol en dessous de moi. La vibration qui était celle d'un Cafard en train de se poser. Suivi d'un deuxième. Deux seulement, en tout. A proche distance.

C'était l'heure.

Les Yirks arrivaient. Vysserk Trois arrivait.

Noyant ma peur dans le calme du cerveau de prédateur du serpent, je me suis préparé à tuer.

Et à mourir.

CHAPITRE
19

Je l'ai senti bien avant de le voir. J'ai senti l'odeur de la chair andalite. Car le véritable Vysserk Trois, le Yirk qui logeait dans le cerveau andalite, il m'était impossible de le sentir.

< Déployez-vous, a ordonné Vysserk Trois, parlant fort de sa voix mentale à l'attention de ses soldats. Toi ! Surveille la limite des arbres. Vous deux, l'autre bout de la prairie. Tirez sur tout ce qui bouge. >

Sa voix résonnait dans ma tête. J'ai senti se nouer un estomac que je n'avais plus. J'ai essayé d'étouffer ma peur sous le calme du serpent, mais elle a refait surface avec violence. J'ai revu mentalement mon plan : mordre, fuir, démorphoser, revenir pour le tuer.

Il me faudrait démorphoser avant que les gardes du Vysserk ne se portent à son secours. Et je devais espérer que le venin du serpent l'affaiblirait.

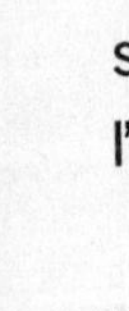

A ce moment-là... un bruit de galop !

Quatre sabots pointus martelant la prairie. Ma langue a jailli et perçu son odeur dans l'air.

Oui, il se rapprochait.

Oui, il allait venir au bord du ruisseau.

Une ombre. Il était là !

Au-dessus de moi. Il me cachait le soleil.

Ma langue de serpent l'a senti. Mes yeux sans paupières, constamment ouverts, ont vu son ventre, au dessus de moi, comme un toit incurvé. J'ai perçu sa chaleur.

Il a plongé un sabot dans l'eau fraîche pour boire.

Pas le temps de réfléchir. Il pouvait s'éloigner à tout instant.

Tssssssssss !

Un bruit ! Qu'était-ce ?

Moi ! Le bruit venait de moi ! De ma queue !

Ma queue de serpent à sonnette ! Elle avait émis son lugubre avertissement sans l'impulsion d'une pensée consciente.

J'ai vu le Vysserk baisser la tête. J'ai vu ses deux yeux principaux fouiller l'herbe. J'y ai lu sa peur naissante.

Zzzz-zaapp !

J'ai frappé. Mes muscles enroulés se sont tous tendus d'un coup. Ma tête a fendu l'air comme une fusée. Ma bouche s'est ouverte tout grand, et mes crochets sont apparus.

MORDRE !

Ils se sont plantés profondément dans la chair andalite. J'ai senti le venin affluer ! J'ai senti le poison s'introduire dans la patte de Vysserk Trois.

Il a sursauté.

J'ai lâché prise.

Il a essayé de reculer. Il était très rapide… mais je l'étais tellement plus.

MORDRE !

Injecter le venin dans son corps. Empoisonner le monstre. Empoisonner l'Abomination. Empoisonner le meurtrier d'Elfangor.

J'ai reculé. Je sentais mon propre venin goutter de mes crochets.

Il a envoyé sa queue par-dessus sa tête et l'a abattue vers moi.

Mais j'étais déjà parti. La lame a profondément entaillé la terre. J'ai senti l'air bouger à son passage, tandis que m'éloignais en rampant à vive allure.

< Démorphose ! > me suis-je ordonné.

Le Vysserk n'avait toujours pas appelé ses gardes. Il devait être étonné. Il ne savait pas à quel point le serpent était dangereux. Il ne se rendrait pas compte tout de suite qu'il ne s'agissait pas d'un vrai serpent. Puis, lentement, il lui viendrait des soupçons.

Je fonçais à toute vitesse dans l'herbe. Derrière moi, mon corps de liane se contorsionnait, ondulait, se détendait et rampait. Ma tête, elle, restait droite et rasait le sol.

Je m'étais éloigné de vingt mètres quand mon corps de serpent est devenu mou et lent sous l'effet de la morphose. De minuscules pattes sont apparues, qui n'étaient d'abord que des moignons. De tout petits tentacules oculaires ont poussé sur le dessus de ma tête triangulaire.

< Il y a un serpent ! a rugi Vysserk Trois. Trouvez-le ! Tuez-le ! >

J'ai redoublé d'efforts pour rejoindre la lisière de la forêt.

Mais alors... la chaleur d'un corps ! Un animal à sang chaud. Juste devant moi.

Ma langue a jailli hors de ma bouche et détecté un parfum que je connaissais. Une odeur de Hork-Bajir !

Les Hork-Bajirs, force de choc de l'Empire yirk.

Une race de créatures pacifiques, amicales, qui ressemblaient pourtant, comme le disait souvent Marco, à des hachoirs à pattes. Des bras munis de lames. Des jambes munies de lames. Des pieds terminés par de redoutables griffes. Une queue lente mais meurtrière. Ils étaient tous des Contrôleurs. Tous esclaves du Yirk introduit dans leur tête.

Je ne pouvais plus bouger. Je n'étais plus un serpent, mais pas encore un Andalite. Et le Hork-Bajir n'était qu'à quelques pas.

Trop près !

« Alors, me suis-je dit, c'est comme ça que ça va se finir. »

Mes tentacules oculaires avaient retrouvé leur taille normale. Je m'élevais lentement du sol sur mes pattes grêles d'Andalite. Ma queue était en train de se reformer.

J'ai vu le Hork-Bajir. Et j'ai vu qu'il m'avait vu.

Je ne pouvais rien faire. Rien faire d'autre que de mourir.

Il a dégagé son bras droit, comme une serpe qui allait me trancher le cou.

VLAM ! Il a titubé. Son bras a fendu l'air au-dessus de ma tête.

Rrrroooooooaaaaarrrr !

Un grondement ! Mais ce n'était pas celui d'un Hork-Bajir.

Le hachoir à pattes a volé ! Un guerrier redoutable et féroce de plus de deux mètres, projeté dans les airs comme un simple jouet !

Et à sa place se tenait maintenant Rachel.

Bien sûr, pas la Rachel humaine avec ses cheveux blonds et ses doux yeux bleus. C'était une tout autre Rachel. Rachel en animorphe de grizzly.

L'ours, dressé sur les pattes arrière, était encore plus grand qu'un Hork-Bajir. Ses griffes avaient presque la taille des lames de ce monstre. Et ses muscles étaient assez puissants pour l'envoyer voltiger à trois mètres.

Rrrroooooooaaaaarrrr ! a grogné sauvagement l'ours.

< Bon sang, ce que j'aime faire ça ! >

< Rachel ? > ai-je demandé avec étonnement.

< Non, m'a-t-elle répondu sur ce ton humain qu'on appelle le sarcasme, c'est monsieur Grizzly. Finis de morphoser, idiot d'Andalite. On va casser du Yirk. >

J'étais presque entièrement redevenu moi-même. J'ai balayé rapidement la prairie du regard à l'aide de mes tentacules oculaires. Vysserk Trois était au milieu

du champ, et deux Hork-Bajirs accouraient à sa rescousse en bondissant dans l'herbe.

De l'autre côté de la prairie, un troisième Hork-Bajir surveillait les alentours avec des yeux hagards, son lance-rayons Dracon prêt à faire feu. Il regardait dans toutes les directions, sauf une.

D'un arbre au-dessus de lui, une forme qui semblait presque fluide, une forme orange et noir, a plongé, toutes griffes dehors.

Prince Jake !

Et dans le ciel est apparu un faucon, décrivant des cercles au-dessus de la prairie.

< Deux Hork-Bajirs en faction devant les Cafards, a prévenu Tobias. Un Hork-Bajir devant le... Oh, laissez tomber, Cassie et Marco viennent de s'en occuper. Vysserk Trois et deux Hork-Bajirs au milieu du champ. >

< Viens, m'a ordonné Rachel. Allons tailler une petite bavette avec Vysserk Trois. >

< C'est à moi d'y aller, lui ai-je répondu. J'ai une dette d'honneur. >

< D'accord. Il est tout à toi. >

Tobias est passé près de nous en rasant l'herbe, fonçant vers Vysserk Trois.

< Tu leur as dit, Tobias >, lui ai-je lancé d'un ton accusateur.

< Un peu, que je leur ai dit. C'est toi qui m'en as donné l'idée. Tu m'as expliqué qu'il fallait obéir à son prince. Eh bien, Jake est mon prince à moi aussi, en quelque sorte. Il m'a ordonné de tout lui raconter. >

< Comment savais-tu où j'allais ? Je ne te l'ai jamais dit. >

< Oh je t'en prie ! Ce Contrôleur, Eslin Machin-chose ? Il l'avait écrit sur un bout de papier, Axos. Tu oublies que j'ai des yeux de faucon. Je peux voir une puce sur un chat à trente mètres. Tu crois que je n'ai pas pu lire ce mot ? >

< Tu m'irrites énormément, Tobias. >

< Ouais, et toi aussi tu me tapes sur les nerfs, Ax. Mais nous avons toujours un combat qui nous attend. Allons nous occuper de Vysserk Trois. >

Nous avons foncé vers lui et ses gardes. Rachel, sorte de gigantesque raz de marée brun, et moi. Avec Tobias qui volait au-dessus de nos têtes.

Juste au moment où nous approchions, j'ai vu Vysserk Trois tituber.

Le poison ! Le venin ! Il agissait.

Vysserk Trois a chancelé sur ses pattes et s'est

effondré au sol. Les deux Hork-Bajirs paraissaient désespérés. Ils ont vu Rachel qui fonçait droit sur eux. Ils ont vu Prince Jake en tigre, tel un démon à rayures, qui arrivait en bondissant du fond de la prairie. Ils ont vu Marco dans son animorphe de gorille et Cassie en loup, tous crocs dehors.

Tobias était parvenu à la hauteur de Vysserk. Il s'est mis à battre énergiquement des ailes pour prendre de l'altitude au-dessus de lui.

Pire que tout, les Hork-Bajirs ont vu un Andalite. L'ennemi qu'ils redoutent le plus au monde.

< Votre Vysserk est perdu, leur ai-je crié. Vous avez le choix entre mourir avec lui ou vous enfuir. >

Les Hork-bajirs-Contrôleurs ont vite pris leur décision. Ils peuvent courir très vite, quand ils l'ont décidé.

Le Vysserk était à terre. Seul. Sans défense. Nous nous sommes arrêtés en formant un cercle autour de lui. Il était aussi impuissant que l'avait été Elfangor à la fin.

J'ai levé les yeux. Pourquoi Tobias faisait-il… ?

< Pas question ! > a-t-il hurlé.

Il a replié les ailes et piqué en flèche. Il plongeait vers la terre à une vitesse vertigineuse, comme un missile meurtrier. Brusquement, il a sorti ses serres.

On aurait dit qu'il voulait frapper le sol. Alors...

< Non ! Non ! Non ! > a-t-il crié.

Il a rasé le sol et il est remonté dans le ciel.

< Tobias, qu'est-ce qu'il y a ? > ai-je entendu prince Jake hurler en parole mentale.

< Il s'est enfui ! Il s'est enfui ! Le Yirk s'est enfui ! Il est entré dans l'eau. Je n'arrive pas à le voir. Il s'est enfui ! >

< Quoi ? ai-je crié. Que s'est-il passé ? >

< Il est sorti ! Vysserk Trois ! Il est sorti. Je l'ai vu ramper dans l'herbe. >

Il a fallu quelques secondes à mon cerveau pour comprendre. Je n'arrivais pas à saisir. Je ne pouvais pas y croire.

< Il a quitté son corps ? ai-je demandé. Vysserk Trois a quitté son hôte ? >

< Oui, a confirmé Tobias, il est sorti de la tête de l'Andalite et il a rampé dans l'eau. Il y a un courant rapide, et je ne vois pas très bien sous la surface de l'eau. Je l'ai perdu de vue ! >

J'ai baissé les yeux vers la créature que je considérais comme Vysserk Trois. Pourtant, bien sûr, le véritable Vysserk était une limace grise, un Yirk. Ce corps-ci était le corps d'un Andalite.

Le Vysserk était parti. Il s'était enfui.

L'Andalite respirait, mais il semblait incapable de bouger. Il m'a regardé avec ses yeux principaux.

Je m'étais déjà trouvé face à Vysserk Trois. J'avais senti la force maléfique qui irradie de lui. Cette force avait disparu, maintenant. Il n'y avait plus qu'un Andalite. Le Yirk était parti.

< Tue-moi, a péniblement prononcé l'Andalite. Tue-moi avant qu'il ne me reprenne. S'il te plaît. S'il te plaît, tue-moi. >

J'ai senti mes cœurs s'arrêter. C'était plus que je n'en pouvais supporter. Après des années entières sous la domination de Vysserk Trois, l'esprit de l'hôte andalite était toujours vivant. Toujours présent.

< Je t'ai peut-être déjà tué, mon ami, ai-je avoué. Le serpent… >

< Non. Tu ne comprends pas. Vysserk Trois… Il a des renforts à proximité. Ils seront là d'une minute à l'autre. Une demi-douzaine de Cafards. Ils maintiendront ce corps en vie ; ton poison est trop lent. >

< Je… mais tu es un Andalite. Je ne peux pas te tuer, ai-je protesté avec désespoir. Je ne peux pas… >

< Il va me reprendre. Les Yirks vont le retrouver et ils me conduiront à lui de nouveau. S'il te plaît, a

supplié l'Andalite. Je ne peux pas vivre de cette façon… s'il te plaît. Les choses que j'ai vues… tu ne comprends pas. C'est horrible. >

Il a essayé de lever sa queue andalite. Il a essayé de porter la lame à sa gorge. Mais le venin l'avait affaibli, et sa queue est retombée.

< Je comprends, a-t-il fini par dire avec une tristesse si profonde que j'en ai été bouleversé. Écoute… Je m'appelle… Comment je m'appelle ? Cela fait si longtemps. Et le poison… oui, c'est ça. Je m'appelle Alloran-Semitur-Corrass. J'étais jadis un prince de guerre. Un jour… un jour, si tu survis… J'ai une femme. J'ai deux enfants… un jour… dis-leur que j'espère encore… dis-leur que je les aime toujours… >

< Oui, prince Alloran. Je le leur dirai. As-tu d'autres ordres à me donner ? >

Il m'a tendu une main faible, et je l'ai prise dans la mienne.

< Combats-les. Ils sont plus forts que tu ne le penses. Ils ont… ils ont infiltré… ils sont sur la planète mère… Combats… >

J'ai senti ses doigts devenir inertes dans ma main. Il s'est tu ; il avait perdu connaissance.

J'ai posé sa main contre son flanc. Je savais que la prochaine fois que je verrais ce visage, ce serait à nouveau le visage de mon ennemi. L'Abomination. Vysserk Trois.

< Nous devrions partir d'ici >, a ordonné prince Jake.

< Viens, Ax, a ajouté Tobias. Il y aura une autre fois. >

CHAPITRE 20

« Donnez-moi la liberté ou donnez-moi la mort. » C'est un être humain du nom de Patrick Henry qui a déclaré cela. Je me demande si les Yirks savaient, avant de venir conquérir la Terre, que les humains disaient des choses pareilles. Je me demande si les Yirks savaient à quoi ils s'attaquaient.

– Journal terrestre d'Aximili-Esgarrouth-Isthil.

< **N**ous l'appelons la loi de la Bonté de Sierow >, ai-je expliqué.

Nous étions dans la forêt où j'habite. Les bois de la planète nommée Terre.

Deux jours s'étaient écoulés depuis les terribles événements de la prairie. J'avais beaucoup réfléchi durant ces deux journées. J'avais réfléchi à tout. Puis

j'avais demandé à mes amis humains s'ils voulaient bien venir me retrouver.

– Qu'est-ce que ça signifie ? a demandé Rachel.

Elle était debout, les bras croisés. Je crois que c'était une façon d'exprimer de la méfiance.

< Cela signifie que nous n'avons pas le droit de transmettre de la technologie de pointe à une autre espèce, quelle qu'elle soit. C'est une loi très importante. Une de nos lois les plus importantes. >

– Vous ne voulez pas de concurrence, a remarqué Marco. Vous autres Andalites, vous voulez pouvoir rester les meilleurs. Je comprends. Mais les humains sont de votre côté. Et c'est nous qui sommes envahis.

– Cool, Marco, s'est exclamé prince Jake. Laisse Ax raconter lui-même son histoire.

< Sierow était un grand Andalite. Un guerrier. Un savant. Il... il était responsable de la première expédition andalite sur la planète mère des Yirks. >

J'ai senti mes amis humains se raidir. Tobias est descendu se percher sur une branche plus basse.

< Sierow a eu de la peine pour les Yirks. C'était une espèce intelligente. Ils se servaient d'une espèce primitive comme hôtes, des créatures qui s'appelaient les Gedds. Mais les Gedds étaient presque aveugles,

balourds et pas très utiles. Les Yirks n'avaient jamais vu les étoiles. Encore moins voyagé hors de leur propre planète. Sierow a eu de la peine pour eux. Sierow était un Andalite de cœur, de principes... >

– Oh, mon Dieu, a murmuré Cassie. C'est donc ça, le grand secret. C'est ça, la honte secrète des Andalites.

– Quoi ? a fait Rachel. C'est quoi, le grand secret ?

– Sierow a transmis des technologies de pointe aux Yirks, n'est-ce pas ? m'a demandé Cassie.

J'ai hoché la tête.

< Sierow a pensé que les Yirks devaient pouvoir voyager dans les étoiles, comme nous. Au départ, cela semblait la chose à faire. Mais ensuite... une espèce appelée les Naharas... Quand nous l'avons découvert, il était déjà trop tard. L'espèce tout entière avait été asservie par les Yirks. Ensuite, ce fut le tour des Hork-Bajirs. Puis des Taxxons. Et d'autres planètes... d'autres races tombaient sous le joug de l'Empire yirk. Ils se répandaient comme une épidémie ! Des millions... des milliards de gens ont été asservis ou tués par les Yirks. A cause de Sierow. A cause de nous. A cause des Andalites. >

Pendant un long moment, personne n'a parlé. Je

savais à quoi m'attendre. Ces humains avaient d'abord vu les Andalites comme des héros. Puis ils avaient eu des soupçons. Je venais juste de confirmer leurs soupçons. Ils comprendraient maintenant que les Andalites n'étaient pas les grands sauveurs de la galaxie.

– Elfangor a enfreint la loi de la Bonté de Sierow, n'est-ce pas ? a observé Marco.

< Oui. Mais c'est moi qui en porterai la faute. Elfangor était un grand héros. Sa réputation serait brisée. Moi, je suis un rien du tout. J'ai repris la faute à mon compte. Si je vous aide, vous les humains, et si vous devenez une nouvelle race de conquérants, si un jour, vous devenez les nouveaux Yirks, mon peuple parlera de la Bonté d'Aximili. Et c'est moi qui entrerai dans l'histoire comme le nouvel exemple d'irresponsable. >

J'ai vu Rachel hocher la tête avec un petit sourire. Marco a roulé des yeux.

– Quand je pense, a-t-il dit, que je commençais vraiment à te détester, Ax.

J'étais complètement dérouté. Je m'attendais à ce qu'ils soient furieux, au lieu de quoi, ils souriaient tous.

< Vous ne comprenez pas ? Votre planète est menacée par les Yirks à cause de mon peuple. >

Prince Jake a acquiescé d'un signe de la tête.

– Oui, nous comprenons, Ax. Il y a longtemps, quelqu'un a essayé d'être sympa et ça a provoqué un désastre. Ce Sierow a essayé d'agir en type bien. Il espérait que tous les différents peuples de la galaxie s'entendraient. Que nous irions tous ensemble visiter les étoiles.

< Oui, et le résultat a été terrible. >

– Ax, a ajouté Cassie, on ne perd pas espoir juste parce que ça ne marche pas à tous les coups. On devient plus prudent. Plus sage, peut-être. Mais on garde espoir.

– Écoute, Ax, a repris prince Jake. Nous ne voulons pas que tu nous transmettes de technologie andalite. Nous ne voulons pas que tu enfreignes tes lois. Nous voulons juste que tu nous fasses confiance. Que tu nous dises la vérité. Que tu sois l'un des nôtres.

– Tu n'es pas seul, Ax, a doucement ajouté Cassie. Nous ne sommes peut-être pas de ton peuple, mais nous sommes tes amis.

– Ton gars Sierow n'avait pas tort, a fait Marco. Il s'est juste branché avec la mauvaise espèce. Nous ne sommes pas des Yirks. Nous sommes des *Homo sapiens*, mon pote. Des humains. Les Andalites veulent de la compagnie pour aller voir les étoiles ? Nous

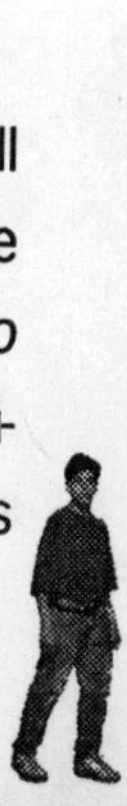

sommes vos hommes. Vous apportez les vaisseaux spatiaux, et nous, on apporte les M&M's et les pains aux raisins.

< Vous ferez bien plus que ça. Vous apprenez très vite. Un jour, vous dépasserez peut-être les Andalites. >

– Non, a déclaré prince Jake. Parce que tout ce que nous apprendrons, vous l'apprendrez aussi. Nous le ferons ensemble. Humain et Andalite. Andalite et humain.

< Ce n'est pas possible. Nous sommes deux espèces différentes. De deux planètes différentes, à un milliard de kilomètres terrestres l'une de l'autre. >

< Axos ? m'a demandé Tobias. Dis-moi : qu'est-ce qu'un Andalite veut le plus au monde ? Pour quoi vous battez-vous ? >

< Pour la liberté, bien sûr. >

< Et qu'est-ce que les humains veulent le plus au monde ? > a repris Tobias.

– La liberté ! a crié prince Jake.

– La liberté ! a approuvé Rachel en hochant la tête.

– La liberté ! ont répété Marco et Cassie.

< La liberté, a conclu Tobias. Des corps différents, des espèces différentes. Peut-être. Et alors ? Nous sommes d'accord sur le principal. >

Pendant quelques minutes, je suis resté silencieux. Je crois que je me sentais un peu dépassé. Puis je me suis rendu compte de quelque chose qui m'a fait rire.

< Vous voyez ? Ça a déjà commencé >, ai-je dit.

– Quoi ? a demandé Rachel.

< Vous les humains, vous apprenez déjà quelque chose de nouveau aux Andalites. Vous avez raison. Nous menons le même combat, avec le même but. >

– Les Andalites de ta planète mère n'aimeront peut-être pas cette façon de voir, a remarqué Rachel.

< Non, en effet. Ils ont leurs lois et leurs coutumes. Ils pensent qu'ils savent ce qui est juste. Si jamais je retourne chez moi, j'aurai beaucoup de choses à expliquer. >

< Peut-être, a dit Tobias. Mais je connais un Andalite qui aurait été fier de toi. >

– Es-tu des nôtres ? m'a demandé prince Jake.

< Oui, prince Jake. >

– Ne m'appelle pas Prince.

< Oui, prince Jake >, ai-je répété.

– Bon, a fait Marco en se frottant les mains. Voilà un problème de réglé. Et maintenant qu'on se dit enfin toute la vérité... je crois que nous avons une méga-question pour Ax. Une question mégaénorme qui va

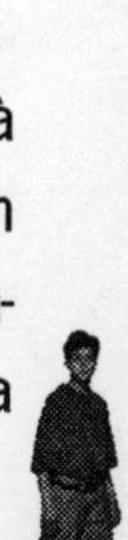

mettre notre nouvelle amitié à l'épreuve. Une question gigantesque.

Ils ont tous acquiescé en hochant la tête.

< Quoi ? > ai-je demandé avec inquiétude.

– Comment, comment, mais COMMENT fais-tu pour manger sans bouche ?

J'ai ri.

< Nous mangeons en courant. Nos sabots écrasent l'herbe, et les substances nutritives sont absorbées par notre organisme. Nous buvons de la même façon, en plongeant un sabot dans l'eau. >

< Ahhh, c'est donc ça toute l'histoire du rituel du matin, quand tu mets un sabot dans l'eau ! > s'est exclamé Tobias.

– Rituel du matin ? Quel rituel du matin ? a voulu savoir Rachel.

– Ouais, raconte, a ajouté Cassie.

< D'accord. Je vais tout vous dire. >

J'ai regardé Tobias droit dans les yeux en prononçant ces mots. J'ai croisé son regard féroce de faucon. Je voulais lui faire comprendre que je répondrais aussi à sa question à lui. La question qui, je le savais, devait le ronger de l'intérieur.

Mais la question n'est jamais venue. Et dans mon

esprit, j'ai entendu l'écho des paroles de Tobias : « Des corps différents, des espèces différentes. Peut-être. Et alors ? Nous sommes d'accord sur le principal. »

Ni moi ni mon shorm Tobias ne pouvons sourire. Il n'empêche, parfois nous nous regardons, et nous nous comprenons et nous sourions.

CHAPITRE 21

< Tu vas le faire parce que si tu ne le fais pas, je trouverai le moyen de faire savoir à Vysserk Trois qui m'a donné ces renseignements >, ai-je dit à Eslin, le traître yirk.

J'étais à l'observatoire. Nous étions seuls, lui et moi. Eslin m'a envoyé un regard brûlant de haine.

– Ordure andalite. Tu n'es même pas arrivé à tuer le Vysserk. C'est quoi ton problème ? Il t'a fait trop peur, hein ?

< Contente-toi de lancer le logiciel. J'ai une transmission à faire. Une seule, Eslin, juste une fois, et je disparais de ton existence minable. Fais-le. >

Il a fallu plusieurs minutes pour établir la liaison Zéro-spatiale. Puis il a fallu encore quelques instants avant que, pour la seconde fois, je sois en ligne avec le grand Lirem.

< Je ne pourrai probablement plus appeler de nouveau, ai-je prévenu. J'ai besoin de faire passer un message. A la femme d'Alloran-Semitur-Corrass, de la part de son mari. >

Ce fut plutôt chouette de voir le vieux Lirem écarquiller soudain les yeux. Parce que vous voyez, il savait très exactement qui était Alloran. Et ce qu'il était.

< Son mari lui envoie tout son amour. Il attend toujours avec espoir le jour où il sera libéré. >

< Est-ce tout ce que tu as à dire, aristh Aximili ? >

< Non... J'ai ceci à dire, également. Tu as essayé de sauver les Hork-Bajirs en respectant toutes nos lois. En gardant tous nos secrets. Mais tu as échoué. >

< Ne dis pas ce que tu t'apprêtes à dire, Aximili, m'a averti Lirem. Ne désobéis pas aux lois de notre peuple. >

< Je... Prince Lirem, ces humains, c'est mon peuple, maintenant. Et, prince, avec tout le respect que je te dois et que je dois à la loi, je ne laisserai pas les humains être détruits comme l'ont été les Hork-Bajirs. Pas tant que je vivrai. >

Lirem a dangereusement plissé les yeux.

< Ça doit être de famille, a-t-il grommelé. Tu es exactement comme ton frère Elfangor. >

J'ai ri.

< Merci, prince. Merci beaucoup. >

L'aventure continue...

Ils sont parmi nous !
Ne Les laissez pas vous contrôler, lisez...

L'inconnu

Animorphs n°7

Et découvrez dès maintenant
ce qui vous attend !

« L'air s'est entrouvert, et il est apparu.

C'était un humanoïde avec deux bras, deux jambes et une tête là où on s'attend à en trouver une chez un humain. Sa peau était d'un bleu fluorescent, comme une ampoule électrique qu'on aurait peinte et qui continuerait à diffuser de la lumière. Il avait l'air d'un vieillard, mais dégageait une énergie incroyable. Il avait de longs cheveux blancs et des oreilles effilées. Ses yeux étaient des trous noirs qui semblaient remplis d'étoiles.

Il se mit à parler normalement :

– Je suis un Ellimiste, comme votre ami andalite l'avait deviné.

Ax tremblait tellement qu'on aurait dit qu'il allait s'écrouler.

– Rassure-toi, Andalite, poursuivit l'Ellimiste, regarde tes amis humains, ils n'ont pas peur de moi.

< Ils ne savent pas qui tu es >, parvint à dire Ax.

L'Ellimiste sourit.

– Toi non plus. Tout ce que tu connais de moi, ce sont les histoires que ton peuple raconte aux enfants.

– Et si quelqu'un nous disait qui vous êtes réellement, demandai-je.

Je n'étais pas de très bonne humeur. C'était très étrange – et plutôt stressant – d'être entourés d'humains-Contrôleurs, d'Hork-Bajirs et de Taxxons en territoire ennemi. Ils étaient tous figés, mais ça pouvait changer. A dire vrai, j'avais peur. Et quand j'ai peur, je m'énerve.

L'Ellimiste leva les yeux sur moi.

– Je suis au-delà de vos capacités de compréhension.

< Ils sont tout-puissants, expliqua simplement Ax, ils peuvent traverser des années-lumière en une seconde, ils peuvent faire disparaître des mondes entiers, ils peuvent même arrêter le temps. >

– Celui-là n'a pas l'air si puissant, remarqua Marco d'un ton sceptique.

< Ne sois pas idiot, rétorqua Ax, ça n'est pas son corps. Il est... partout à la fois, à l'intérieur de ta tête, à l'intérieur de cette planète, à l'intérieur de ce qui fait l'espace et le temps. >

Ils sont parmi nous !
Ne Les laissez pas vous contrôler, lisez…

La capture

Animorphs n°6

Et découvrez dès maintenant
ce qui vous attend !

“ J'ai senti que nous descendions un escalier. J'ai senti des mains qui essayaient de m'attraper et qui glissaient. Et finalement, l'air du dehors…

– Ma… tête… ai-je grogné.

< Mal à la tête ? Pas étonnant, mon pote. >

– Quelque chose… qui ne… va pas… j'arrive pas… à penser…

< T'inquiète pas. Repose-toi. On a la situation en main. Plus ou moins. >

< Incroyable, fit une voix dans ma tête. Est-ce possible ? Des humains ? >

Quelle était cette voix ? D'où venait-elle ?

Marco m'a soulevé et m'a balancé en travers du dos d'un cheval. Cassie.

< Cassie ? Un humain, oui. Et Rachel ? La cousine ? Humaine aussi. >

De la main, j'ai essayé d'écarter la blouse de mon visage. Que se passait-il ? Il y avait une voix à l'intérieur de ma tête…

Nous avons sauté par-dessus une clôture. J'ai volé dans l'air et je me suis violemment écrasé sur le sol.

J'ai ressenti une douleur, mais elle semblait venir de loin. La blouse s'était ouverte. J'ai regardé autour de moi. Des arbres partout. Pas très loin, un cheval aux naseaux fumants.

J'ai vu tout ça, mais d'un regard distant, comme si je le voyais à la télé. Mes yeux bougeaient ; vers la gauche, vers la droite. Ils bougeaient tout seuls. Comme si quelqu'un d'autre orientait mon regard.

Cassie. J'ai essayé de prononcer son nom.

Aucun son n'est sorti de ma bouche.

< Ne lutte pas, Jake, a prévenu une voix dans ma tête. C'est inutile. >

Quoi ? Qui avait dit ça ? Qu'est-ce qui…?

Soudain, un rire que moi seul pouvais entendre.

< Fais marcher ton cerveau primitif d'humain, Jake. Jake l'Animorph, a ricané la voix. Jake, le serviteur de la pourriture andalite ! >

Alors j'ai compris.

J'ai compris ce qu'était la voix.

Un Yirk !

Un Yirk dans ma propre tête !

J'étais un Contrôleur. ”

Ils sont parmi nous !
Ne Les laissez pas vous contrôler, lisez...

Le prédateur
Animorphs n°5

Et découvrez dès maintenant
ce qui vous attend !

« Jake choisit de laisser tomber. Malheureusement, la raison qui lui fit abandonner le sujet, c'est qu'il en avait un autre plus important à aborder.

Il prit son air grave.

Je gémis. Je déteste cet air-là. Il présage invariablement des ennuis.

– Dis donc, Jake, est-ce que tu comptes m'expliquer pourquoi on est tous là à se balader dans les champs ? Indépendamment du fait que c'est un temps idéal pour se promener ?

– On va voir Ax, répondit Jake. Cassie et moi, on a discuté avec lui, ces deux derniers jours. Tu sais, à propos de ses intentions.

– Hum, marmonnai-je. Je sens que ça ne va pas me plaire.

– Eh bien... probablement pas. Ax veut retourner chez lui, continua Jake.

– Chez lui ? répéta Rachel.

– Dans le monde des Andalites, précisa Cassie. Ax, dont le véritable nom est Aximili-Esgarrouth-Isthil, est un Andalite.

Je m'immobilisai. Les autres en firent autant.

– Euh... je m'excuse, mais est-ce que le monde des Andalites n'est pas un peu loin ?

– D'après Ax, à quelque quatre-vingt-deux années-lumière, confirma Jake.

– La lumière se déplace à environ trois cent mille kilomètres à la seconde, fis-je observer. Il y a soixante secondes dans une minute, soixante minutes dans une heure, vingt-quatre heures dans une journée et trois cent soixante-cinq jours dans une année. Tout ça pour une année-lumière. Calcule ce que ça donne pour quatre-vingt-deux.

Rachel éclata de rire et ajouta :

– Eh Marco, finalement, tu ne roupillais pas tant que ça, en cours de science.

– Nous avons essayé de chiffrer la distance en kilomètres, poursuivit Jake, mais aucune de nos machines à calculer n'a suffisamment de chiffres.

– Tu sais, Jake, il se peut que je me trompe, mais je ne crois pas qu'aucune des grandes compagnies aériennes conduise au monde des Andalites.

– Non, sûrement pas Marco. Je le sais bien. C'est pour ça qu'il va falloir qu'on vole un vaisseau yirk. ❞

Ils sont parmi nous !
Ne Les laissez pas vous contrôler, lisez…

Le message

Animorphs n°4

Et découvrez dès maintenant
ce qui vous attend !

“ – Il m'est arrivé la même chose, lui répondis-je. Je me suis évanouie, et ensuite j'ai refait ce rêve. Seulement cette fois-ci, j'ai entendu une vraie voix…

< Moi aussi >, confirma Tobias.

– Bon, ça devient inquiétant, ce truc, intervint Rachel. Parce que moi aussi, j'ai eu l'impression de ressentir quelque chose.

– Moi aussi, fit Jake.

Marco hocha également la tête.

< Je sais que ça paraît fou, reprit Tobias, mais… mais c'est comme si quelqu'un envoyait un signal de détresse. Comme si on appelait à l'aide. >

– Seulement ce quelqu'un est dans l'eau, ou sous l'eau, précisai-je…

– A moins que ce ne soit qu'une coïncidence, estima Jake. En tout cas, ce n'est pas un rêve… je pense que c'est une forme de communication.

– Tout ça est passionnant, certes, intervint Marco, mais et alors ?... Qu'est-ce qu'on est censé faire ?

Jake me regarda attentivement.

– Cassie ? La voix dans ton rêve, était-ce une voix humaine ?

La question me dérouta. Je n'y avais pas vraiment pensé. En fait ça me fit rire.

– Quand tu m'as posé la question, la première réponse qui m'est venue à l'esprit, c'est non, ce n'était pas une voix humaine. Mais c'est absurde ! m'exclamai-je en riant de nouveau.

< Ce n'est pas une voix humaine, ajouta soudain Tobias. Je comprends le sens de ce qu'elle dit, mais elle n'est pas humaine. Elle ne parle pas vraiment avec des mots. >

– Alors qu'est-ce que c'est ? demanda Rachel. Une voix yirk ?

Je laissai mon esprit repartir vers le rêve, pour tenter de retrouver le son de cette voix.

– Non, pas yirk. Ça me rappelle quelque chose... quelqu'un.

< L'Andalite ! > lâcha brusquement Tobias.

Je claquai des doigts.

– Oui ! C'est ça ! Ça me rappelle l'Andalite. La première fois qu'il nous a parlé par parole mentale. C'est comme cette voix.

Ils sont parmi nous !

Ne Les laissez pas vous contrôler, lisez...

L'affrontement

Animorphs n°3

Et découvrez dès maintenant
ce qui vous attend !

« C'est alors que ça arriva.

A un kilomètre et demi ou plus au-dessus de moi, l'onde traversa l'air. Un vide, un trou là où il était impossible qu'il y en eût un.

Ma réaction fut immédiate. Il fallait que je m'en rapproche. Je battis des ailes jusqu'à en avoir mal à la poitrine et aux épaules, mais elle se déplaçait trop vite, et elle était trop haut dans le ciel.

Elle s'éloignait de moi, vague d'air, ondulation dans la matière du ciel. Elle se déplaçait dans une direction différente, cependant. Elle se dirigeait vers les montagnes.

Alors je vis un vol d'oies en V serré. Elles étaient peut-être une douzaine de grandes oies qui avançaient à une vitesse sidérante, fendant l'air droit devant elles comme elles le font toujours. Les oies ont toujours l'air en mission... Soudain, l'oie de tête s'écroula comme si elle avait été renversée par un camion. Ses ailes s'effondrèrent. Elle ne tomba pas, pourtant.

L'oie blessée glissait dans l'air. Elle glissait à l'horizontale, roulant et rebondissant, comme jetée sur le toit d'un train lancé à vive allure.

Il arriva la même chose à presque toutes les oies. Une ou deux s'enfuirent à temps, mais les oies ne sont pas vraiment agiles.

La vague invisible avait heurté le groupe de plein fouet. Les oies glissaient et roulaient sur une surface invisible mais dure. Et à chaque fois que les oies rebondissaient, j'apercevais un éclat de métal gris acier.

La vague passa. Les oies tombèrent dans le vide, mortes ou estropiées.

L'onde continua son chemin, indifférente. Pourquoi les Yirks se préoccuperaient-ils d'un vol d'oies sauvages ?

Car c'étaient des Yirks, j'en avais la certitude. Et ce que j'avais vu, ou à peine entrevu, était un vaisseau yirk. »

Loi n° 49-956 du 16 juillet 1949
sur les publications destinées à la jeunesse
ISBN 2-07-051571-0
Dépôt légal : mars 1998
1er dépôt légal dans la même collection : octobre 1997
N° d'impression : 42264
Imprimé en France sur les presses de l'imprimerie Hérissey

86490